紀伊半島

潮《しおの》岬《みさき》殺人事件

梓 林太郎

祥伝社文庫

目次

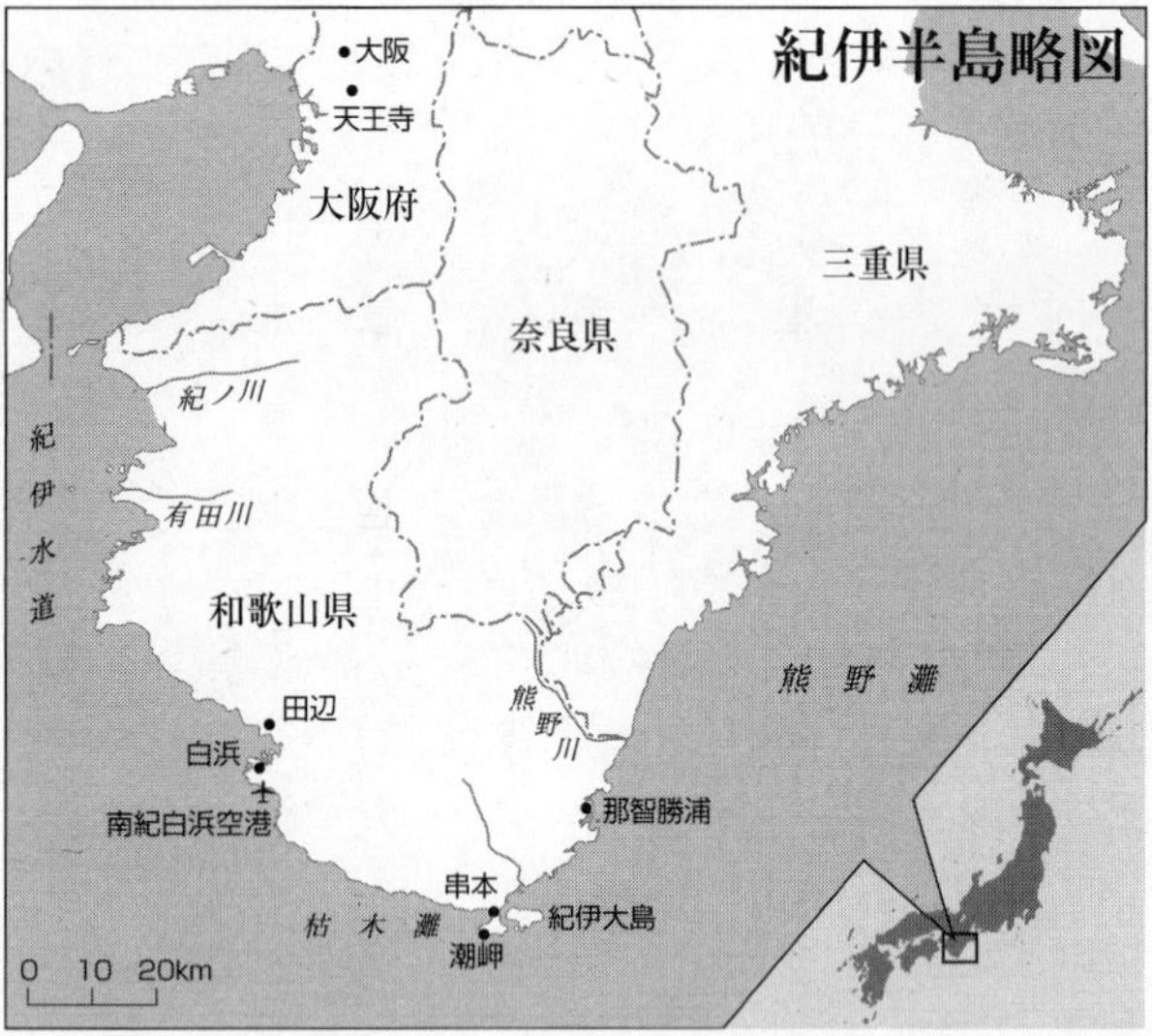
紀伊半島略図
大阪
天王寺
大阪府
奈良県
三重県
紀ノ川
有田川
紀伊水道
和歌山県
熊野灘
熊野川
田辺
白浜
南紀白浜空港
那智勝浦
串本
紀伊大島
潮岬
枯木灘
0 10 20km

一章　肖像画の旅

1

旅行作家茶屋次郎《ちゃやじろう》の事務所は渋谷《しぶや》にある。

彼は週刊誌の連載記事、一回分を書き上げて、窓辺に立った。五月《さつき》晴れの空を仰《あお》いだ。

以前は空がもっと広く見えたものだが、一〇〇メートルほど先に高層のホテルが建ったため、視界がせまくなった。ホテルの窓には蒼《あお》い空が映《うつ》っている。

彼のデスクとは鉤《かぎ》の手になる位置で、秘書のサヨコ＝本名・江原小夜子《えばらさよこ》が、コトコトとパソコンを打っている。彼女はさっき、白い錠剤を飲んでいた。鎮痛《ちんつう》剤らしい。きょうは頭痛のある日なのだろう。こういう日の彼女は極端に口数が少なく、機嫌がよくなさそうに見える。

もう一人の秘書のハルマキ＝本名・春川真紀《はるかわまき》は、雑誌をめくりながら写真を切り抜いたり、ときどきペンを持ってなにかメモしている。メモをサヨコのデスクにそっと置く。

二人のデスクは三メートルほどの間隔をおいて向かい合っている。

二人は一時間ばかり口を利《き》いていない。仲たがいしたわけではなく、不機嫌そうな顔のサヨコにハルマキが話しかけないのだ。

サヨコのほうはパソコンの画面に集中し、いかにも忙しそうだが、ハルマキは、いまにも居眠りをはじめそうな目つきである。もとから彼女は眠そうな目をしてはいるが、きょうの表情はことに弛緩《しかん》している。

ハルマキはサヨコのように、頭の痛い日がないのか、薬など飲むところを茶屋は見た覚えがない。

茶屋は椅子《いす》にもどった。さっきよりもサヨコの目はまるく開いて輝きを増しているが、ハルマキの目は細くなった。いまに雑誌の上に顔を伏せそうだ。

電話が鳴った。サヨコは微動だにしなかったが、ハルマキはピクリと肩を動かし、電話機に腕を伸ばした。

「はい、おります。お待ちください」

ハルマキは、「フクロダさんとおっしゃる方です」と言って、受話器を茶屋に差し出した。

「よう。しばらくだな」

茶屋は笑顔で呼びかけた。

「相変わらず、忙しいのか?」

袋田《ふくろだ》は言った。

彼と茶屋は、大学で同級生だった。馬のように長い顔で、痩《や》せていて背がひょろっと高い。学生時代も、おたがいに社会人になってからも、一緒に山に登った仲である。去年の夏は高校生になった長男を連れて、八ヶ岳《やつがたけ》に登ったと聞いている。

「忙しいが、きょうはひと区切りついたところだ」

「そうか。会えないか？」

新宿《しんじゆく》で建築設計事務所をやっている袋田は訊《き》いた。

「急な用事でもありそうだな？」

「急ぐわけじゃないが、相談したいことがあるし、茶屋に見てもらいたい物があるんだ」

「見せたい物……」

袋田は、茶屋の手がすいていたら、これからでも事務所を訪ねるがいいか、と訊いた。彼は早く茶屋に会いたいらしい。

茶屋は書き上げた原稿を重ね、『週刊モモコ』にファックスで送信するようにとハルマキにいいつけた。

「お客さんがお見えになるんですか？」

ハルマキは椅子を立った。

「大学の同級生だ。お前たちは初めて会う男だ。驚くなよ」

「どうしてですか？」

彼女は目が覚《さ》めたようだ。

サヨコはパソコンの手をとめた。

「ものすごく顔が長い。顔はあんなに長くなくても、人間は不自由はないのにと思うほどだ」

「見たい。早く見たい」

「一時間もあれば現われる」

ハルマキは、来客に出すお茶の準備をしてから、原稿を送信した。

サヨコは洗面所に立った。鏡に顔を映すらしい。

この事務所に来るのはたいてい雑誌の編集者だ。茶屋の書くものの打ち合わせや、原稿受け取りのためだ。外で食事などしながら打ち合わせすることもあるから、来客があるのは月に五、六回程度だ。

ドアホーンが鳴った。袋田との電話を終えてちょうど一時間後だった。

「来た」

ハルマキが小さく言った。

その言葉遣《づか》いをたしなめるように、茶屋は彼女をにらんだ。

サヨコがドアを開けた。

長い顔がぬっと現われた。

サヨコとハルマキは、挨拶《あいさつ》も忘れて袋田の顔を見つめた。

袋田の顔は茶色だった。陽《ひ》に焼けているのだ。鼻の頭だけが赤い。

彼は灰色の紙に包んだ板のような物と、黒のショルダーバッグを提《さ》げていた。

陽焼けしているが、また山にでも登ったのかと茶屋が訊くと、大阪の建築現場に一週間ほど立ちどおしていたからだと答えた。

ハルマキの淹《い》れた紅茶を、サヨコが出した。

茶屋はあらためて二人の秘書を袋田に紹介した。

袋田はいったん腰を下ろした椅子を立ち、二人を見下ろしてから、茶屋とは学生時代からの親友だと言った。茶屋の書いたものを読んでいるし、自分にとっては自慢の友人だとも言った。

「うちの家内は、茶屋の書く『名川《めいせん》シリーズ』や『岬《みさき》シリーズ』のファンです。週刊誌に彼の連載がはじまると、毎週買って読んでいますよ」

袋田は長い顎《あご》を左右に振った。

2

袋田は、縦《たて》四〇センチほどの包みをほどいた。女性の肖像画だった。

「美人だね。誰だね？」

茶屋は、二十代後半から三十代半《なか》ばと思われる女性の肖像画に見とれた。

描かれている女性は丸顔だった。涼《すず》しげな目をしているのは微笑しているからだ。唇のかたちがくっきりしている。黒い髪は肩にかかる長さだ。黄色のセーターに赤い花模様が散っている。

「誰だか分からない。それで茶屋に相談したかったんだ」

袋田は女性の絵を茶屋のデスクに立てかけた。

サヨコとハルマキは、一歩退《さが》って絵を見つめた。サヨコはなにか言いたそうだが黙っていた。

「この絵は大阪の天王寺《てんのうじ》の露店で買ってきたんだ。茶屋は、天王寺公園や動物園の周辺を知っているか?」

「ホームレスが大勢いる一画ということは、新聞で読んだ覚えがあるが、行ったことはない」

「そこなんだ。そこの露店で、この絵を買ったんだ」

袋田は大阪出張中、友人に珍《めずら》しいところを案内しようと言われた。どこかというと、天王寺公園の周辺の「青空カラオケ」だという。それに露店で売られている商品も面白《おもしろ》い、と言われた。

大阪の地理に通じていない袋田は、誘われるまま友人のあとについていった。

天王寺駅を降りてしばらく歩くと、大音響の歌声が聞こえはじめた。一画に住みついているホームレスが、カラオケ装置を路上に据《す》え、料金を取ってうたわせているのだった。うたう人の大半がホームレスだという。

袋田と友人は、青空カラオケを見物したあと公園を囲む歩道を歩いた。あちらこちらにホームレスが出している露店があった。そこではさまざまな小物が売られていた。公園のフェンスに沿ってシートで囲われた小屋がいくつもあった。ホームレスの住み家だった。

露店の一軒の前に立ったとき、袋田は壁に立てかけてある肖像画に目を吸い寄せられた。見覚えのある女性の絵だったからだ。彼はその絵をじっと見ていた。まちがいなく先年死亡した父のアルバムに貼《は》ってある女性の絵だと思った。袋田は露店の主《あるじ》に、「売り物か」と、その絵を指差した。店主はうなずいた。

袋田はその絵を買うことにした。知人と邂逅《かいこう》したような懐《なつ》かしさにとらわれたからだった。

「いくらで買ったんだ？」

茶屋は訊いた。

「八千円だった」

肖像画は露店で売っていたにしては、保存状態がよい。額《がく》に入れていない油絵である。

露店のおやじは、「額もあるよ」と言ったが、袋田は絵だけを買った。おやじは絵を古新聞紙にくるんでくれた。

東京へ帰った袋田は、すぐに父のアルバムを開いた。何度も見たことのある女性の写真と絵を見くらべた。

「これがおやじのアルバムだ」

袋田は、ショルダーバッグから緑色の表紙のアルバムを取り出した。表紙の角がすり切れて白くなっている。

袋田の父親和三郎《わさぶろう》が六十八歳で病没したのは三年前の秋だった。その葬儀は冷たい雨の降る日に行なわれた。会葬者はみな傘をさして出棺を見送った。茶屋も傘を肩にのせて合掌したのを覚えている。

袋田は、アルバムの栞《しおり》をはさんだところを開いた。

サヨコとハルマキは、それぞれの席にすわっていたが、袋田をはさむように立ち上がった。

「あっ」

サヨコが口を開けた。

茶屋も小さく叫《さけ》ぶところだった。肖像画を縮小したような写真を認めたからである。

「まちがいなくこの人だ」

茶屋は言った。アルバムに貼ってあるのはカラー写真で、女性が着ているセーターの柄《がら》も肖像画と同じだった。写真のほうは真顔《まがお》だが、絵のほうはわずかに目が細く描かれている。微笑《ほほえ》んでいるからだ。

「上手《うま》い人が描いたんだな」

茶屋は、写真と絵を見くらべた。

「袋田のおやじさんとこの女性は、どういう関係だったんだ?」

茶屋は訊いたが、袋田は首を横に振った。

「女性の名前は?」

「知らない。この人のことをおやじから聞いたことがないんだ。おれは、このアルバムの存在すら知らなかった。弟も知らなかったと言っていた」

　和三郎が亡くなってのち、遺品を整理してアルバムを見つけたのだという。

　肖像画の女性の写真は、アルバムの同じページに五枚あった。肖像画と同じ構図の写真の背景は白い壁である。ほかの四枚の背景は、黒い岩が横に並んだ海、白い灯台、マツ林、白砂の浜だった。いずれも海辺で撮《と》ったことが分かるが、地名の入っているものは写っていなかった。五枚のうちの二枚は同じセーター姿で、あとの三枚はベージュ色のシャツの上に黒のジャケットを着ている。全身が写っているのが二枚あり、黒のパンツ姿だ。服装が異《こと》なっているところから、撮影した日はちがっているようだ。服装から推測できるのは、春か秋か冬である。黒い岩の裾《すそ》は白く縁《ふち》どられている。波に洗われているらしい。背景の色がなんとなく寒《さむ》ざむしい。

「この写真じゃ、どこで撮ったのかも分からない。せめて地名の入った看板でも背景にしていればな」

「そうなんだ。日付も入っていないし。父は、アルバムに貼った写真に、撮影地や日付を書いておくような男じゃなかった」

　袋田はほかのページをめくった。風景や人物の写真があるが、いずれにも撮影地は記入されていなかった。

「おやじさんのアルバムはこれ一冊だったのか？」

「もう一冊あったが、それにはおふくろやおれたち兄弟の写真があった。家族を撮ったのとこれはべつにしていたらしい」

「おやじさんはカメラを持っていたか？」

「持っていた。庭の植木や、東京に大雪が降ったとき撮ったのが、もう一冊のアルバムに貼ってあった。カメラや写真が好きというほどじゃなかったんで、アルバムに残っている枚数は知れたものだった」

「この女性を、おやじさんが撮ったとはかぎらない。おやじさんが、この女性にもらったとも考えられるな」

茶屋は、女性の写真をアルバムからはがしていいかと訊いた。

「どうぞ」

アルバムはかなり古い物で、透明のシートでかぶせてあったり、袋状になっている物ではなかった。すべて糊《のり》づけである。

茶屋は写真の端《はし》を摘《つま》み、慎重にはがした。写真の裏になにか記入してあるのを期待したのである。

写真は五枚ともきれいにはがれた。黒い岩を背景にしている写真の裏にだけ、「串本《くしもと》」という二文字が書いてあった。万年筆で書いた字のようだ。

「『串本』か。地名とも人名とも分からないな。この字は、おやじさんの字か？」

「そうだと思う。おやじは字が下手《へた》だった」

「地名ということも考えられるな」

「串本って、どこだったっけ？」

袋田は二文字をにらんでいる。

「和歌山県だ。紀伊《きい》半島の南端」

「わりに知られた土地のような気がするが」

「串本は、潮岬《しおのみさき》で有名です」

茶屋と袋田の話を聞いていたサヨコが口をはさんだ。

「そうか。潮岬か」

袋田は天井《てんじょう》に長い顔を向けた。

「行ったことがあるのか？」

茶屋が訊いた。

「いや、ない。茶屋は？」

「串本を紀勢《きせい》本線の列車でとおったことはあるが、潮岬へは行っていない」

サヨコは自分の席にもどると、パソコンを叩《たた》いた。

「潮岬は、和歌山県西牟婁《にしむろ》郡串本町で、本州の最南端です。本州の串本と砂州《さす》で結ばれた陸繋島《りくけいとう》です」

サヨコは画面を読んだ。

ハルマキは茶屋の横をはなれず、袋田の長い顔をただ見つづけている。

「おれは写真と肖像画を見ているうちに、この女性と父がどういう間柄《あいだがら》だったかを知りたくなったんだ。茶屋はいままでいろいろなことを調べ、警察の一歩先を歩いて、殺人事件を解決したこともある。その才能を買って相談する気になったんだ。この女性と父の関係を知るには、どうしたらいいか、ひとつ知恵を貸してくれないか」

「うーん」

茶屋は腕組みした。肖像画をあらためて自分の前に置いた。絵の右下にローマ字で白いサインがある。〝E.SHINSUKE〟と読める。

「もしかしたら袋田のおやじさんは、この女性を撮るか写真をもらい、それを持って知り合いの画家に肖像画を頼んだことも考えられる。これを描いた人が分かれば、二人の間柄が分かるかもしれない」

「画家をどうやってさがす?」

「手っとりばやいのは、美術年鑑で、この絵のサインに該当《がいとう》する人がいるかどうかをさがしてみることだな」

「画家が分かっても、父との関係までは知らないと言われるんじゃないか」

「そういうこともあるだろうな。ただ写真を持ってきて、肖像画にしてもらいたいと頼まれたとしたらな。……おやじさんの知り合いに画家はいなかったか？」

「聞いたことがない」

「おやじさんの住所録は遺《のこ》っているか？」

「住所録はないと思うが、葬式のときの芳名帳《ほうめいちょう》は残してある」

「それを見るといい。その中に〝E.SHINSUKE〟に該当する人がいたら、当たってみることだ」

袋田は、これから図書館へ寄って美術年鑑を閲覧《えつらん》すると言った。

「おれのほうも当たってみる。肖像画をしばらく貸してくれないか」

「そうか。忙しいところを申しわけない」

袋田は中腰になると、絵を包んできた灰色の紙をたたんだ。

3

「江上《えがみ》、江川《えがわ》、江口《えぐち》、江崎《えざき》、江田《えだ》、江原……」

サヨコはパソコンに〝E〟に該当する姓を呼び出し、呪文《じゅもん》のように読み上げている。

茶屋は知り合いの画家・山辺勉《やまべつとむ》に電話した。山辺は、女性と子供を描くことでは広く知られた人である。去年は新聞A紙に連載された恋愛小説の挿絵《さしえ》を描いた。小説が完結したあと、銀座《ぎんざ》のデパートでその挿絵の展覧会があった。茶屋はオープニングの招待状をもらって出席した。画家はちょうど還暦《かんれき》を迎えたところで、口の周《まわ》りにたくわえた髭《ひげ》が白くなっていた。

山辺勉は自宅にいた。茶屋の声を聞くと、

「忙しそうだねえ」と言った。

茶屋は、見て欲しい物があるのだが、訪問してよいかと訊いた。

「どうぞ。待っていますよ」

画家は如才《じょさい》なかった。

茶屋はハルマキに包装させた肖像画を持った。デパートで紅茶を買った。山辺の好物である。

画家の自宅は世田谷《せたがや》区の閑静《かんせい》な住宅街にある。緑の濃い広い公園が目の前にあり、犬を遊ばせに来ている人たちが何人もいた。青垣で囲んだ山辺邸でも犬が吠《ほ》えた。

背の高い画家は玄関でにこやかに茶屋を迎えると、応接間にとおした。

「私に見せたい物というのは、それですか？」

山辺は茶屋が提《さ》げてきた灰色の包みを目で指した。

茶屋は肖像画を見せた。

「ほう。上手い人ですね」

山辺は一目見て言った。

茶屋はこれを描いた人をさがしているのだと、訪問の目的を話した。

「サインがありますが、先生がお名前をご存じの方でしょうか？」

「シンスケ……。さあ」

山辺は白い頭に手を載《の》せたが、応接間を出ていった。

十五、六分してもどると、

「アリガシュウスケという画家はいましたが、その絵のサインに該当する人は見当たりません」

と言って、タバコに火を点《つ》けた。

サインでこの絵を描いた人をさがすにはどうしたらよいかを訊いた。

「美術年鑑には載っていないから、ある程度名の出た人ではありません。私が所属している団体に入っている人でもない。さがすとしたら、美術学校か美術研究所の卒業生名簿を当たる方法がありますが、この絵は学校などで勉強した人のものではないと思います」

つまり独学と我流《がりゅう》で描いていた人の手によるものだという。

「アマチュアですか？」

「アマチュアとは言えません。これだけ上手く描くんですから、プロとしてやっていた人じゃないでしょうか。画家には美術学校などを出ないで、独学で才能を発揮《はっき》した人は大勢います。……地方の文化団体を当たるのもひとつの手でしょうね」

「地方の文化団体……。それは広範囲ですね」

「各地方にいちいち当たるのは大変だと思います」

「先生のお出になった美術学校の卒業生にはいないでしょうか？」

念のために卒業生名簿を見てくると山辺は言って、また応接間を出ていった。

今度は名簿を持ってもどった。

「私の二年先輩に、江尻慎介《えじりしんすけ》という人がいますね」

山辺は、名簿を茶屋に向けた。江尻慎介の出身地は山梨県甲府《こうふ》市となっている。しかしその人は美術年鑑に載っていない。画家としては名を成さなかったのか、それとも学校の教師などして生計を立てていたということも考えられる。

山辺は出身校の同窓会に電話した。江尻慎介の住所が甲府市だということだけが分かった。

「先生。それだけで充分です。あとは私が調べます。お手数をおかけしました」

茶屋は帰ることにした。肖像画が江尻慎介の作品だとしたら、袋田は直接画家に会いにいくだろう。

茶屋は事務所に帰ると、甲府市の江尻慎介の自宅に電話を掛けた。呼び出し音が六、七回鳴ってから、「江尻でございます」と女性が応じた。江尻の夫人にしては声が若い。

茶屋は名乗り、江尻は在宅かと訊いた。

「父は十年前に亡くなりました」

「それは存じあげませんでした。失礼いたしました。……じつは女性の肖像画のサインを見て、もしかしたら江尻さんがお描きになった絵ではないかと思ったものですから、お伺《うかが》いするつもりでした。江尻さんは絵をお描きになっていらっしゃいましたか?」

「描いていました。父は高校の教師をしながら、自宅で絵を教えていました。肖像画とおっしゃいましたね？」

「はい。女性の……」

「父はおもに風景画を描いていました。肖像画を描いたことがあったかどうか、覚えがありません」

「お父さまは、袋田和三郎という人をご存じでしたでしょうか？」

「さあ。覚えがありません」

場合によっては肖像画を見てもらいに伺うことになるが、よいかと訊いた。

「どうぞ。絵を見れば、父の描いたものかどうかは分かります。母は健在ですので、母にも見てもらうことができます」

袋田から電話があった。図書館で美術年鑑を見たが、肖像画のサインに該当しそうな人は載っていなかったという。

茶屋は、知り合いの画家を訪ねたことを話した。甲府市の江尻慎介のことも話した。

袋田は、肖像画を持って江尻の自宅を訪ねてみると言った。

茶屋は後日のためにと、肖像画を撮影した。包み直してハルマキに持たせることにした。袋田の事務所に届けるのだ。

『女性サンデー』の牧村博也《まきむらひろや》編集長から電話が入った。

「次の岬シリーズをどこにするかを、考えてくださいましたか？」

「歌にうたわれた襟裳《えりも》岬はどうかね？」

「北海道ですね。有名ではありますが、前回納沙布《のさっぷ》岬をやりましたから、北海道はしばらくはずしたほうが」

「そうか。じゃ、龍飛崎《たっぴざき》は？」

「青森ですね。先生はどうも北のほうがお好きなようですね」

「好きというほどではないが、北の海のほうが旅情が湧《わ》く」

「思いきって南へ飛んで、足摺《あしずり》岬はどうでしょう？」

「小説で有名だな」

「行かれたことがありますか？」

「十年以上前に。灯台を撮ったが、どこから撮っても灯台が傾いているんだ」

「なぜでしょうね？」

「分からない」

「室戸《むろと》岬も広く知られていますね」

「台風が接近すると、かならず名の出る場所だ」
二、三日後にまた電話するから、考えておいてもらいたいと牧村は言った。

サヨコは、北から順に南下するのがいいと言っている。そうすると北海道の岬を何回かつづけることになる。それを『女性サンデー』の編集部は避《さ》けたいらしい。営業戦略上の意見が入っているからではないか。

次の日の夕方も、袋田は肖像画を提げて茶屋の事務所へやってきた。彼はきょう、甲府市へ江尻慎介の家族を訪ねたのだという。

「江尻さんの奥さんにも娘さんにも、この絵を見てもらったが、二人とも一目見て首を横に振った。サインも江尻さんではないと言われた」

袋田は、灰色の紙に包まれた絵を見ながら言った。

「無駄足だったか」

「いや。そう簡単には分からないと思っていた」

「おやじさんの葬儀のときの芳名帳を見たか？」

「苗字が〝E〟の人は何人かいたが、〝シンスケ〟と読める人はいなかった。父には妹が二人いる。ゆうべ電話で二人に訊いたんだが、父に画家の知り合いがいたことは知らないし、〝シンスケ〟という人にも心当たりはないと言われた」

「叔母《おば》さんには、女性の写真を見せたか？」

「父の形見《かたみ》分けのときに見せた」

和三郎の妹二人は、女性の写真を見たとたんに、「まあ」と言ったが、彼とはどういう間柄の人だったかは知らないと答えたという。二人の妹もその写真を初めて目にしたのだった。

「ゆうべ思いついたんだが、肖像画を売っていた人は、これを描いた人を知っているんじゃないだろうか？」

茶屋が言った。

「売っていたのは、ホームレスだよ」

「いまはそうだが、以前はちゃんとした職業に就《つ》いていた。その当時、なにかのきっかけで肖像画を手に入れたことも考えられるよ。露店の人は何歳ぐらいだった？」

「そうだな。そろそろ六十といった歳格好《としかっこう》だった。前になにをしていたのか分からないが、なんとなく抜け目なさそうな顔をしていたな」

「その男は、どこで商品の肖像画を仕入れたかだ。それを訊けば描いた人をさがし出すヒントになるかもしれない」

もう一度、天王寺へ行ってみるか、と袋田はつぶやいた。

「おれもそこへ行くよ。青空カラオケや露店を見てみたい」

「茶屋が一緒なら心強いな。なにか分かりそうな気がする」

天気のよい日を選ぼうと袋田は言った。雨だと露天でのカラオケもできないし、露店も少ないはずだという。

4

茶屋と袋田は天王寺駅の雑踏《ざっとう》を抜け、車の往来の激しい道路を渡った。公園のいたるところが青い色のフェンスで区切られている。フェンスのあいだにコンクリートの歩道がとおっていた。そこに緑の樹木が濃い影を落としていた。園地に入って二〇〇メートルも歩くと、あちらこちらにホームレスと思われる服装の男たちがいた。うつろな目をして歩道にすわっている中年男もいた。どういう意味かは不明だが、飲料水の空き缶を並べている人がいた。

一〇〇メートルばかり進むと歌声が聞こえはじめた。

「あれだよ」

袋田が言った。青空カラオケなのだ。

道端に壊れかけた椅子がいくつか置いてある。その上にスピーカーが置かれている。白髪《しらが》まじりの男がマイクを握っていた。男の顔は赤い。首を左右に振ったり、空を仰いだりしながら、喉《のど》の裂《さ》けるような声で演歌をうたっている。まるでその一曲に生命をかけているようにも見えた。周りに立っている十人ばかりの男女が手を叩《たた》いた。

白髪頭の男がうたい終えるのを待っていたらしい四十代に見える男が、椅子に腰かけている六十歳ぐらいの男に百円を渡した。どうやら一曲うたうのに百円取るようだ。椅子に腰かけている男は、青空カラオケの経営者のようだ。彼は百円をポケットにしまうと、腕組みした。次にうたうのは誰かという表情をして、聴衆を見まわした。

四十代の男の歌がはじまった。さっきの男よりも声が大きい。海で鍛《きた》えたようなみごとな塩辛声《しおからごえ》である。顔面が紅潮《こうちょう》してきた。うたうというよりも唸《うな》っている感じである。演歌よりも浪曲が似合っていそうだ。〔あなたが恋しい、しあわせが欲しい、冬がすぎても春はこない、北の海峡に雪が舞う〕というくだりで、男の目は光りはじめた。

さっきよりも拍手の音が高かった。男は手の甲で目を拭《ぬぐ》うと、聴衆に頭を下げた。もう一、二曲うたうのかと茶屋は思ったが、うたい終わった男はポケットから出した帽子を目深《まぶか》にかぶると、青空カラオケをあとにした。

茶屋と袋田は、その男のあとを追うように歩き出した。五〇メートルほど行くと、またカラオケをやっていた。さっきの店よりもスピーカーは大型だった。帽子を目深にした男は、その前を素《す》どおりした。

女の歌声が聞こえた。そこへ行ってみた。五十代と思われる女性がマイクを握っていた。髪を乱した彼女は、前のめりになって、父をしのぶ歌をうたっていた。

茶屋は、月に二、三回、サヨコとハルマキにせがまれてカラオケスナックに行く。サヨコの歌は絶品である。ほかの客たちが彼女の容姿と歌の上手さにうっとりとする。だが彼女の歌には、北の海峡の冷たさも、雪の中を飛ぶ海鳥の声もない。

茶屋は初めて青空カラオケを見て、ここでうたったり聴く人たちのために、酒と、女と、吐息と、港の歌があるような気がした。

雲が流れて陽がかげった。汚れたシートをかぶせた小屋がいくつもあった。その脇でズボンの破れをつくろっている男がいた。小ざっぱりとした物を着ているが、顔色は蒼かった。

茶屋は新聞で、ホームレスに関する特集記事を読んだことがある。〔本来は施設や宿泊所、友人宅などをふくめ、広い意味で適切な住居のない人を指す〕としてあった。日本ではおもに屋外で暮らす人を指すことが多いが、その呼称は東京都が「路上生活者」、横浜市《よこはま》が「屋外生活者」、大阪市が「野宿生活者」など、自治体によってまちまちで、支援団体は「野宿者」と呼んでいるという。

「この地域には、ホームレスといわれる人が何人ぐらいいるんだろう?」

茶屋は袋田に言った。

「一万人ぐらいいるらしいよ。大阪全体で約一万二千人といわれているそうだ」

「東京よりも多いんだな?」

「倍以上らしい。去年の調査では増えつづけているということだよ」

露店が現われた。戸板の上に直《じか》に小物を並べている店もあれば、白い布を敷いて商売しているところもあった。

一般の人が珍しそうに商品を見ている。茶屋と袋田も一軒をのぞいた。腕時計が五、六個あるが、いずれもべつべつの時刻を指しているのだった。要するにとまっているのだった。電池切れのものもあるのだろうが、結局動いている、とまっているは無関係なのではないか。ここに住む人たちにとっては、腕に時計をはめているか、家に置くことが重要なのではないのか。片方にレンズが入っていないメガネがある。使用が目的でそれを買うのではないのか。

「あそこだ。肖像画を買ったのは」

袋田はトンネルの手前を指差した。

六十近いと思われる男が壁に寄りかかっていた。背は低いが顔が大きくて、付近にいる人たちよりは血色がいい。目が光っている。袋田が、「抜け目なさそうな男」と言ったのは、他の露店のおやじとは目つきがちがっているからだ。

「このあいだは、どうも」

袋田が言った。

「ああ、絵を買ってくれたお客さんですね」

男は相好《そうごう》をくずした。なかなかの商売人のようである。

「いい飾りになったでしょ。可愛い女だったものね」

男の言葉には訛《なまり》がなかった。

この店の商品は種々雑多《しゆじゆざつた》だ。時計もメガネもあるが、地球儀も置いてある。絵はがき、花びん、カメラのレンズキャップ、万年筆のキャップ、小学生の学習帳、銀行名の入ったポケットノート、こけし、状差《じょうさ》し。

茶屋が注目したのは古ぼけた写真だった。子供が写っている。母親らしい女性が五、六歳の子供の手を握っている。老夫婦らしい二人が椅子にすわっている。植木と犬小屋のある庭に立っている子供。立派な門構えの家の門松《かどまつ》。仏壇の前に六人がすわって、にらむような目つきをしている家族などである。

袋田は、おやじに訊きたい話があって、あらためてやってきたのだと言い、名刺を渡した。

おやじは、「はあ」と言って、名刺を戸板に置いた。妙なものでそこに物を置くと、それが商品に見えた。

「この人は、私の友人で、茶屋次郎といって、世間に名の知られている作家です」

「それはそれは。私は岡《おか》といいます」

おやじはちょこんと頭を下げた。

「この前買った絵は、大切にするつもりです」

袋田はそう言って、バッグから女性の写真を取り出した。

「あれ、この女の人は……」

岡は写真を摘《つま》んだ。

「そうです。この写真が肖像画になったんです。着ている物もそっくりです」

「どうして、この写真が……」

「じつは、三年前に亡くなった父のアルバムに貼ってありました。父が亡くなるまで私はその写真を見たことがありませんでした。その女性は父と親しい間柄にあったのだと思います。この前、ここで肖像画を見た瞬間、父の遺したアルバムにあった人だと思ったので買ったんです。岡さんにぜひとも伺いたいのは、肖像画は誰が描いたのかということです。私は、その写真の女性が父とどういう間柄の人だったのかを知りたい。もしかしたら肖像画を描いた人は、それを知っていたんじゃないかと思いまして」

岡は、ちらりと袋田の顔に視線を投げてから、また写真に見入った。

「誰が描いたかは、私は知りません」

「では、どなたからあの絵を仕入れられたんですか?」

「じつは……」

岡は言い出してからタバコをくわえた。戸板の上に並べてあるライターのひとつを拾いあげて火を点けた。

彼は二、三歩横に動いた。隣《となり》で露店を出している男の耳を意識するような目つきをした。隣の露店は、鍋《なべ》やフライパンや食器を売っている。地面には錆《さ》びて赤くなったダルマストーブを置いている。それも商品のようである。

5

岡は、タバコをくゆらせながら話しはじめた。

「ここに石塚《いしづか》という男がいました。彼は今年の二月、病気で死にました。五十三ということでした。生まれは東北で、東京や横浜にいたことがあるが、二年前、ここへ流れてきたと言っていました。気のいい、おとなしい男で、私とは気が合いました。石塚ははじめ、建設現場なんかで働いていましたが、仕事がなくなると、私を真似《まね》て店を出すようになりました。……袋田さんに買っていただいた絵は、その石塚が持っていた物でした。彼は病気が重くなると私に、『店の物は、あんたにやるから』と言いました。ここにある絵はがきなんかは、彼が売っていた物です。彼が死んだので、私が彼の小屋を整理して、売れそうな物をもらって、ここへ並べているんです」

「石塚さんは、肖像画のことを、あなたに話したことがありましたか？」

袋田が訊いた。

「私が、『どこで仕入れたんだ』と訊いたとき、ずっと前から持っていたと言っていました。彼は絵にビニールのカバーをかぶせて、大事にしていました。店に置けばまちがいなく売れるんじゃないかと私は言いましたが、彼は、『そうかな』と言っただけで、店には出しませんでした」

「石塚さんは、肖像画の女性を知っていたんじゃないでしょうか？」

「そういう話は聞いたことがありません。雨の日なんかは彼はあの絵を、自分の小屋で眺《なが》めていました。絵の女に彼は惚《ほ》れていたんじゃないでしょうか。あの絵があると、女房か恋人がいるような気がしていたんじゃないでしょうか」

「肖像画を描いた人か、持っていた人を知っていたんじゃないでしょうか？」

「どうかな。そういう話も聞いたことはありません」

石塚は、家族の写真を何枚か持っていた。和服の女性が、五、六歳の男の子と三歳ぐらいの女の子の手を取って並んでいる写真を岡に見せ、「おれの女房と子供だ」と話したことがあったという。

「私は石塚の話を聞いたり、写真を見せられても、それは嘘《うそ》だと思っていました」

「なぜですか？」

茶屋が訊いた。

「石塚には出身地の東北に女房や子供がいたかもしれません。しかしそれが、私に見せた写真の母子だったかどうかは怪《あや》しいものです。……じつは私も、見ず知らずの他人の写真を持っています。いい洋服を着た女が椅子に腰かけ、その横に女の子が立っている写真です。それをここで売らずに持っているのは、『じつは故郷《ふるさと》に女房と子供がいるんだ。子供はいま何歳になり、会社か役所に勤めているだろう』と、ここに住んでいる仲間に話したいからなんです。写真の女がいい服を着ているのは、かつては女房にこういう暮らしをさせていたと、言いたいからです。私と同じように、アカの他人の写真を持っている者は何人もいます。そいつらも同じような話をするんです。昔はまともな暮らしをしていた、平和で不自由のない家庭だったってね。石塚も同じで、事情があって天王寺の路上に住むようになったけど、故郷じゃ家族が、恵まれていたとは言わないが、まあまあという生活をしているんだって話していました。私は石塚の話にうなずいていました。嘘だろう、なんて言ったことは一度もありません。私も彼と似たようなことを仲間に話したことがありましたからね。女と子供の写真を持っているのは、これからも同じようなことを、仲間に話す機会があると思っているからです」

「ここに家族の写っている写真がありますが、これを買うのは、ここに住んでいる人たちなんですね？」

茶屋は岡の話をメモしたかったが、素手《すで》で聞いた。

「まともな家庭を持っている人が、他人の家族写真を買ったりはしないでしょう。……ここに住んでいる者はみんな寂《さみ》しいんですよ。だから見ず知らずの他人の写真を持って、『自分の家だ、おれの家族だ』って自分に言い聞かせているんです。……私は自分の小屋に、電気スタンドと地球儀を置いています。誰かが来たとき、それを見せて、かつてはこういう物を置く机のある家に住んでいたんだって、話したいからなんです。石塚にはずいぶん作り話を聞かせたものです。彼も過去を作り上げては、話していたと思います」

「立ち入ったことをお伺いしますが、岡さんにはご家族は？」

「離婚しました。女の子が一人いましたが、女房が連れていきました」

「お子さんとは連絡を取り合っていらっしゃいますか？」

「いいえ。別れた女房と子供がいまどこに住んで、どんな生活をしているのかも知りません」

「お子さんに会いたいと思われることがあるでしょうね？」

「娘は三十になります。会いたいとは思いませんが、どうしているのかと思うことはたまにあります。娘の住所が分かったところで、私は会いにはいけません。会ってみたいと思ったのは、娘が子供のときでした。父親のいない子供にしたのは私ですから、すまないと思っていた時期はありましたが、年とともにそういう感情はうすくなります」

岡は、タバコの煙を空に向かって吐《は》いた。五、六羽の鳩《はと》がせまい空間を飛んだ。

「石塚さんは、どこで亡くなりましたか？」

袋田が訊いた。

「この近くの病院です。肺炎でした。死顔は、笑っているようでしたよ」

「ご遺体は、どなたが引き取ったんですか？」

「福祉会です。警察署のすぐ近くにあります。福祉会が家族に連絡したんだと思います。その先のことは知りません」

茶屋は、岡に話を聞いた礼に露店の物を買うことにした。役に立ちそうな物はなにひとつなかったが、ここに置かれていてもまず売れないだろうと思われる物を手に取った。「日光《にっこう》」と「金《かな》沢《ざわ》」の絵はがきを買うことにした。いずれも百円だった。

「ペンキャップや、カメラのレンズキャップは、どういう人が買うんですか？」

岡に訊いた。

「こういう物はたまに出ますよ。ここに住んでいる者が買っていきます。ペンキャップは胸のポケットに差すんです。『おれは字を書くことがあるんだ』という見栄《みえ》です。レンズキャップは小屋に置いておく。誰かに見せて、かつては高級カメラを持っていたが、失《な》くしてしまったと、自慢話を聞かせるための道具です。道具がひとつあれば、作り話はどんどん発展していきます」

「絵はがきも？」

「そう。以前、家族と京都や奈良を旅行したときに買った物だと言えるんです」

茶屋と袋田は、岡に頭を下げた。隣の店のおやじは茶屋たちをじっと見ていた。

福祉会の事務所はすぐに分かった。せまい事務所に五十代の職員が二人いた。

今年の二月に死亡した石塚という男を覚えているかと訊くと、髪の短い職員がうなずいた。

袋田が、石塚の家族か、遺体を引き取った人の住所を知りたいのだが、その理由はこうだと事実を説明した。

「石塚宗次《そうじ》さんは、岩手県の出身でした」

職員は石塚の家族の住所を控《ひか》えているノートを読んだ。岩手県二戸《にのへ》郡安代《あしろ》町だった。旅行作家の茶屋にも、そこがどの辺なのかの見当がつかなかった。

石塚宗次は生活保護を受けていた。からだが弱くて働けないという理由からだった。彼が死亡すると、福祉会の事務所が事前に届け出られていた戸籍から親族をさがした。妻が石塚の出身地の安代町に居住していることが判明し、彼の死亡を連絡した。ところが妻からも親類からもなんの返答もなかった。遺体の引き取りを拒《こば》んだものと思われた。

福祉会ではやむなく遺骨にし、着払いの宅配便に乗せることにした。

「これが宅配便の控えです」

職員はノートに貼った伝票を見せた。それの品名の欄には「瀬戸《せと》容器」と書いてある。宅配便の配達員が意識しなくてすむようにという配慮なのだろう。

職員の話によると、白い骨つぼを桐《きり》の箱に納め、設置してある祭壇で職員が、焼香《しょうこう》して成仏《じょうぶつ》を祈る。桐の箱を一辺約三〇センチの段ボールに入れ、隙間《すきま》には綿を詰める。カサカサと骨が触《ふ》れ合う音がしないようにして、宅配便に乗せるのだという。

「石塚さんは、故郷をはなれて東京にいたが、横浜や名古屋《なごや》を転々としたあと、二年ほど前に大阪に来たということでした。なぜ故郷を出てきたのか事情は分かりません。遺骨の受け取りを拒んだことにも、複雑な事情があったんじゃないでしょうか。……この数年、石塚さんのように、こちらが連絡してもなんの応答もない親族が増えています。ここまでくる旅費なんかを考えるんじゃないでしょうか。これも長引く不況が影響しているのかもしれませんね」

「亡くなった方の身元が分からない例もあるでしょうね？」

「あります。そういう人の場合、無縁仏として共同墓地に葬《ほうむ》ることになります。この辺で亡くなった人の三分の一以上が無縁仏になります」

きょうも一体の遺骨を北海道へ宅配便で送ったのだと、職員は低い声で話した。

「最後の旅は宅配便」と、茶屋はノートに書きつけた。

二章　潮《しおの》岬《みさき》

1

五月二十一日、茶屋は盛岡《もりおか》から花輪《はなわ》線に乗りかえた。大阪・天王寺の病院で死んだ石塚宗次の家族を訪ねるつもりである。

けさの東京は曇っていたが、盛岡は晴れだった。列車は緑の丘陵《きゆうりよう》地をすぎ、水の澄んだ川を渡った。ところどころに農作業に追われている人の姿があった。三十分あまり走ると山地が現われた。地図を開くと西のほうは八幡平《はちまんたい》だった。線路はくねくねと曲がった。

袋田と天王寺を訪ねた帰りの列車の中で、「肖像画の女性が誰かをさがし当てるのは、もう無理だろうか」と彼が言った。茶屋は考えていたが、ひょっとしたら石塚が昔から知っていた女性ではないかという気がした。それならば石塚の家族がその女性を知っていることも考えられた。

袋田はどうしても、亡父と女性の間柄を知りたそうだった。それが分かったとしたら、女性に会ってみたいのだろう。会ってみれば、彼や弟の知らなかった父親の経歴の一端が分かると思っ

ている ら し い。

彼の父の和三郎は、アルバムに女性の写真を貼っていた。それは妻である袋田の母親にも見せたことのないアルバムだったかもしれない。写真の美しい女性を肖像画にしたのは、和三郎だったことも考えられる。そうだとしたら、彼はその女性に深い愛情をそそいだのではないか。絵になった女性は現在どうしているのか。それも袋田は知りたいのだ。

肖像画はどういう経路をたどって、岩手県出身の石塚の手に入ったのか。天王寺のホームレス・岡の話だと、石塚は肖像画を自分の小屋に置いて、しょっちゅう眺めていたという。絵の女性に恋をしたので大切にしていたらしいとも言っていた。

肖像画は、明らかに和三郎のアルバムにあった写真を見て描いたものだ。写真を和三郎が持っていて、絵は別人の手に渡っていた。絵を所持していた人は大阪で路上生活をしていた。そのことから推《お》して、肖像画は数奇な運命をたどったようにも思われた。

茶屋はあとで岡に重要なことを訊きそびれたのを知った。流転《るてん》の人生を閉じた石塚は、絵が上手《うま》かったのではないか。肖像画を描いたのは、じつは彼だったのではないか。

しかし写真は和三郎のアルバムにおさまっている。同じ写真を石塚が持っていたということだろうか。

いよいよ山が近づいた。列車は川に沿って走り、盛岡から約一時間で荒屋新町《あらやしんまち》に着いた。石塚宗次の故郷の安代町である。彼の遺骨が帰った町である。そこには家族か係累《けいるい》がいるはずだ。天王寺の福祉会の職員の話によると、石塚の死亡を家族に知らせ、遺体の引き取りを要請したが、なんの応答もなかった。そこで骨《こつ》にして宅配便で送った。が、受け取ったという返事もこなかったという。

安代町はいかにも山村らしく、周囲がそう高くない山地だった。駅前の商店の人に地理を尋《たず》ねた。東に向かって十五分ぐらい歩くのだと教えられた。

安比《あっぴ》川という川を渡った。ひときわ高い山は七時雨《ななしぐれ》山だという。山の気象が一日のうちに何回も変化することからその名がついたという。緩《ゆる》い坂道が細くなり、濃い緑の山地に吸い込まれていくような気がした。

家の数が少なくなった。自転車を押していく老人に道を訊いた。近道を教えてくれた。老人の言葉には強い訛《なまり》があった。

石塚家は菜の生《は》えている畑の中にあった。古い家で庇《ひさし》が傾いていた。せまい庭で洗濯物が微風に揺れている。鶏小屋からココッ、ココッという声がした。

外から声をかけたが返事がない。玄関の戸には鍵《かぎ》がかかっていなかった。もう一度呼ぶと、家の奥で小さな返事があった。

二、三分して障子《しょうじ》が開き、髪が半白の女性が這《は》うようにして出てきた。茶屋は腕を伸ばして名刺を渡した。女性は石塚宗次の妻だった。

彼女は敷居に手を突いて頭を下げた。

「奥さんにお伺いしたいことがあって、東京からまいりました」

彼女は茶屋の名刺を目を細くして見たが、細《こま》かい字の住所は読めないらしかった。石塚は五十三で逝《い》ったということだったが、妻も同い歳ぐらいに見えた。

「どんなことでしょうか？」

細君は両手を突いたまま訊いた。どうやら寝ていたようすである。

からだの具合がよくないのではないかと訊くと、腰を病《や》んでいて起きていられないのだと答えた。

「お話を聞きたいのですが、大丈夫ですか？」

「ええ。こうしていれば」

彼女は畳《たたみ》に片手を突いて上体を支えた。

茶屋は肖像画に描かれた女性の写真を彼女に見せた。

「見覚えのある人ではありませんか？」

彼女は写真を畳に置くと奥へ引っ込んだが、メガネをかけて出てきた。じっと写真を見ていたが、

「知らない人です」

と言って、メガネをはずした。

石塚宗次は、亡くなるまでその写真の女性の肖像画を持っていたと話した。

「絵を……」

彼女は半ば口を開けて茶屋の顔を見つめた。額には深い皺《しわ》があった。手は荒れている。

「恥ずかしいことですが、わたしも娘たちも、石塚が大阪にいたことは知りませんでした」

彼女は両手を突いて横に動き、柱に寄りかかった。そうしていれば起きていられると言っているようだ。

——今年の二月、激しく雪の降る日に大阪から手紙が届いた。それは福祉会からのもので、宗次が病院で死亡したので遺体を引き取りにくるようにと書いてあった。宗次夫婦のあいだには娘が二人いる。いずれも所帯を持ち、盛岡で暮らしている。娘たちに大阪からの突然の知らせを電話で話した。娘たちは、「とうに亡くなったものと思っていた人なんだから、いまさら引き取りにいくことはない」と言った。細君も引き取る気になれなかった。それで返事も出さずにいると、十日ほど経《た》って「瀬戸容器」と品名の書いてある荷物が届いた。開けてみると桐の箱に納められた骨つぼだった。

石塚宗次は、三十五歳のとき、東京へ出稼《でかせ》ぎに行った。わずかな耕地はあるが、それだけで生計を立てるのはむずかしかった。この付近で当時出稼ぎに行かない人は珍しいくらいだった。盛岡から人を集める人がやってきて、働き盛りの男は勿論《もちろん》、初老の男にまで声をかけて、五人か六人をまとめては東京へ送った。宗次は江東《こうとう》区の建設現場で働くようになった。

彼は東京へ出ていってから三年間は、盆と収穫期の秋と正月に帰省した。毎月金を送ってよこした。が、四年目になると送金が滞《とどこお》りがちになった。手紙も電話もよこさなくなり、盆に帰省しなかった。一緒に出稼ぎに行った人たちは帰ってきているのが分かった。「石塚はなぜ帰ってこないのか」と、細君はその人たちに訊いた。「奥さんは東京へ行って、宗次に会ってくることだ」と、ある人が言った。細君は、その人に宗次の住まいへの地理を訊いて、次の日に出かけた。彼女にとって東京は初めてだった。

汗だくになって宗次の住むアパートへたどり着くことができた。だが彼は不在だった。何日間か帰ってきていないことが、隣室の人の話で分かった。

彼女は宗次の部屋の前にすわり込んで、彼の帰りを待った。そこで夜明かしする覚悟でいた。宗次と同じ現場で働いている人が彼女を見かねて、彼がいると思われる場所を教えてくれた。

そこもアパートで、宗次の住まいとは歩いて十分とははなれていなかった。

アパートのドアをノックすると、三十歳見当の女性が顔をのぞかせた。宗次の妻だというと、女性は、「あんた」と、部屋の奥を呼んだ。下着のシャツ一枚の宗次がいたのだった。

細君は女性の部屋へ上がり込んだ。女性の出身地は盛岡の近くだということが分かった。彼女は住まいにほど近い焼き鳥屋の店員をしていた。そこへ宗次が飲みにいくうち親しくなったということも知った。

どうして帰省しなかったのかと細君が訊くと、金がないからだ、と宗次は下を向いて答えた。

「うちには、わたしと子供が二人いるんだよ。あんたの稼ぎを当てにしているのよ」と言ったが、彼は俯《うつむ》いてタバコを吸っているだけだった。

「この人と、別れて」細君は言った。

宗次は、「別れられない」と、小さい声で答えた。

細君の目の裡《うち》に十三と十一の娘の顔が浮かんだが、彼女は膝《ひざ》を立てた。「もう安代には帰ってこなくていい」と言って、唇を噛《か》んだ。帰りの旅費を持っていないから、それだけは出してもらいたい、と言うと、女性がタンスの引き出しから二万円出してよこした。「あんた。いいの？」女性は宗次に訊いた。彼は首を縦に振った。

細君は、女性の出した二万円を握りしめて安代に帰った。安代を出てから弁当を一食食べたきりで、顔を一度も洗わなかった。彼女の帰りを待っていた二人の娘に、「お父さんはもう帰ってこない。もうお父さんはいないことにしなさい」と言いふくめた。娘たちは泣いた。上の娘は、「わたしがお父さんを連れにいってくる」と言ったが、母親は娘を抱きしめて、「死んだと思って、諦《あきら》めなさい」と言った。

その後、宗次からは二回送金があった。手紙は添えられていなかった。電話もこなかった――

「石塚さんと一緒にいた女性の顔を覚えていますか？」

茶屋は訊いた。

「忘れません」

細君の返事の声は細かった。

「この写真の人ではありませんか？」

「ちがう人です。そんなに器量よしではなかったです」

細君も娘たちも、宗次が東京をはなれ、横浜、名古屋を経《へ》て、大阪へ流れていったことは知らなかった。この付近から東京へ出稼ぎに行っていた人たちは、つぎつぎに故郷へもどってきた。都会での働き場所を失ったのだった。

宗次は東京へ出て五年ばかりのあいだ、一緒に出稼ぎに行った人たちと同じ建設現場で働いていたが、ふいと姿を消した。彼が親しくしていた女性も、焼き鳥屋を辞《や》め、その後の消息は不明ということだった。

茶屋は、宗次が住んでいたアパートの所在地が分かるかと細君に訊いた。

彼女はうすいノートを出してきた。それの表紙には汗で濡《ぬ》れたようなシミがあり変色していた。十四年ばかり前の夏、このノートを持って夫を訪ねたものにちがいなかった。

［江東区北砂《きたすな》］と大きな字で書いてあった。宗次と一緒に働いていた人が描いたらしい地図と、上野《うえの》駅からの交通機関が詳《くわ》しく書いてあった。秋葉原《あきはばら》や亀戸《かめいど》という駅名には仮名がふってあった。

茶屋は自分のノートにそれを写し取ると、細君の膝の前へ古びたノートを返した。彼女は娘たちに、「お父さんは死んだと思って、諦めなさい」と言ったのに、夫が住んでいた場所を控えたものをいまも保存していたのだった。胸の隅では、いずれ夫は故郷へもどってくるという思いを、抱いていたのではないだろうか。

「娘さんたちは、ときどきこちらに見えますか?」

「二人は交代で来てくれます。三、四日前にも下の娘が来て、夫婦で畑の草取りをして帰りました」

細君は三か月ほど前まで町内の商店に勤めていたが、腰が痛くなって辞めたのだという。治ったらまた働きに出なくてはならない、といって、半分白髪になった頭に手をやった。

東京へ引き返した茶屋は、かつて石塚宗次が住んでいた江東区のアパートを訪ねた。だがそこはマンションに変わっていた。マンションに入居している人は、以前そこに、東北から出稼ぎに来た人たちが住んでいたアパートが建っていたことは知らなかった。

袋田に電話し、石塚宗次の細君に会えたことを報告した。

「遠方までご苦労さま。ありがとう。そこまでやってもらって分からなかったんだから、もう肖像画の女性のことは諦めるよ」

袋田和三郎には、肖像画に描かれた美しい女性と知り合っていた時期があったことだけは確かだ。その女性と親しくしていたらしいとは想像できるが、どんな日々を過ごしたことがあったのか、彼女が現在どうしているかは霧の中に包まれたままになりそうだ。

2

『女性サンデー』の牧村編集長が茶屋事務所へやってきた。次に連載する「岬シリーズ」の場所をどこにするかの打ち合わせをするためだった。

「編集部員は足摺岬を推《お》しています。なんとなく旅情をかきたてられると言っています」

「わたしも、次は足摺岬になると思っていました」

サヨコが言って、パソコンに打ち込んでいた資料のコピーを茶屋の前へ置いた。

「足摺岬は四国（高知県）の最南端で、足摺半島の先端。中村《なかむら》線中村駅からバス。本来、足摺崎だったが数年にわたる論議の末、観光地化の進展もあって、一九六五（昭和四十）年、足摺岬に改定した」となっている。

「四万十《しまんと》川のとき、高知へ行ったからな」

茶屋は気乗りしない返事をした。

「先生は、きのう岩手県へいらっしゃったということですが、どこへですか？」

牧村はハルマキが出したコーヒーを飲んだ。

「二戸郡安代町という山深いところだ」

「なんの取材ですか？」

「じつはね……」

茶屋は袋田の置いていった女性の肖像画を見せた。

「きれいな人ですね」

牧村は椅子を立って絵を見つめた。

茶屋はその絵がここにある理由を話した。袋田和三郎が遺したアルバムの写真も見せ、天王寺にいたホームレスの男が持っていたのだと話した。

牧村は肖像画のもとになった写真を裏返した。

「『串本』と書いてありますね」

「そうなんだ。それが人名なのか地名なのか……」

茶屋は他の四枚の写真を見せた。黒い岩や林や白い砂浜を背景にしている写真だ。

「この『串本』は、地名ではないでしょうか」

「どうして、そう思う」

「背景に海が入っているからです。串本は和歌山県の海辺です。袋田和三郎という人は、この写真をアルバムに貼っていたくらいですから、女性の名前を忘れるわけはありません。そういう人の名をわざわざ写真には書いておかないでしょう。この『串本』は、『串本にて』という意味じゃないでしょうか」

「私もそんな気がしていたんだ」

牧村は、サヨコに地図を見せてくれといい、和歌山県を開いた。

「串本、潮岬、大島《おおしま》、樫野崎《かしのざき》、枯木灘《かれきなだ》、白浜《しらはま》」

彼は地名を読んだ。あらためて女性の写真を見直した。

「結局、この女性が誰なのかは分からないままなんですね?」

「どこにいる人なのかも不明だ」

「先生、串本へいらっしゃいませんか」

「行ってどうする。この写真が串本かその付近で撮ったものと分かったとしても、それきりじゃないか。袋田和三郎は東京の人だった。写真の女性を連れて、串本か白浜へ旅行したときに撮ったものということも考えられる。撮影地が分かっても、女性の身元割り出しのヒントにはならないよ」

「この女性が串本かその付近に住んでいたんじゃないでしょうか。和三郎さんは彼女に会いに行った。あるいは旅行先でこの女性と知り合った。女性に景勝地《けいしょうち》を案内してもらい、きれいな彼女をカメラにおさめた。そのときの思い出と彼女の美しさが忘れられなくて、肖像画にした……」

「あんたは想像力が豊かだ。編集者をやっているより、ライターになって雑誌に記事を書いたらどうだ」

「先生。冗談を言っていないで、串本へ行ってください。そして潮岬に立ってください」

「足摺岬はどうするんだね？」

「変更です。今回は潮岬です。……この写真を手にして潮岬を歩く。女性の身元をさがす旅です。彼女が潮岬の近くに住んでいたという設定にするんです」

「それがいい」

ハルマキがつぶやいた。

「恋する人の行方《ゆくえ》をさがすように、彼女の写真を抱いて松籟《しょうらい》を聞きながら、岬を歩く。絵になるじゃありませんか」

「なるなる」

ハルマキだ。

「マツは生《は》えていないかもしれない」

「岬にはたいてい生えていますよ」

「納沙布岬にはペンペン草しか生えていなかった」

「潮岬に決定です」

牧村は椅子を立つと、茶屋のデスクから編集部に電話した。茶屋の提案で今回の連載は潮岬に決まったと告げた。『女性サンデー』では「岬シリーズ」の予告を刷《す》り込むのだ。

ハルマキは茶屋の都合を聞くと、旅行代理店へ走った。彼が南紀《なんき》白浜まで飛行機で行くと言ったからだ。

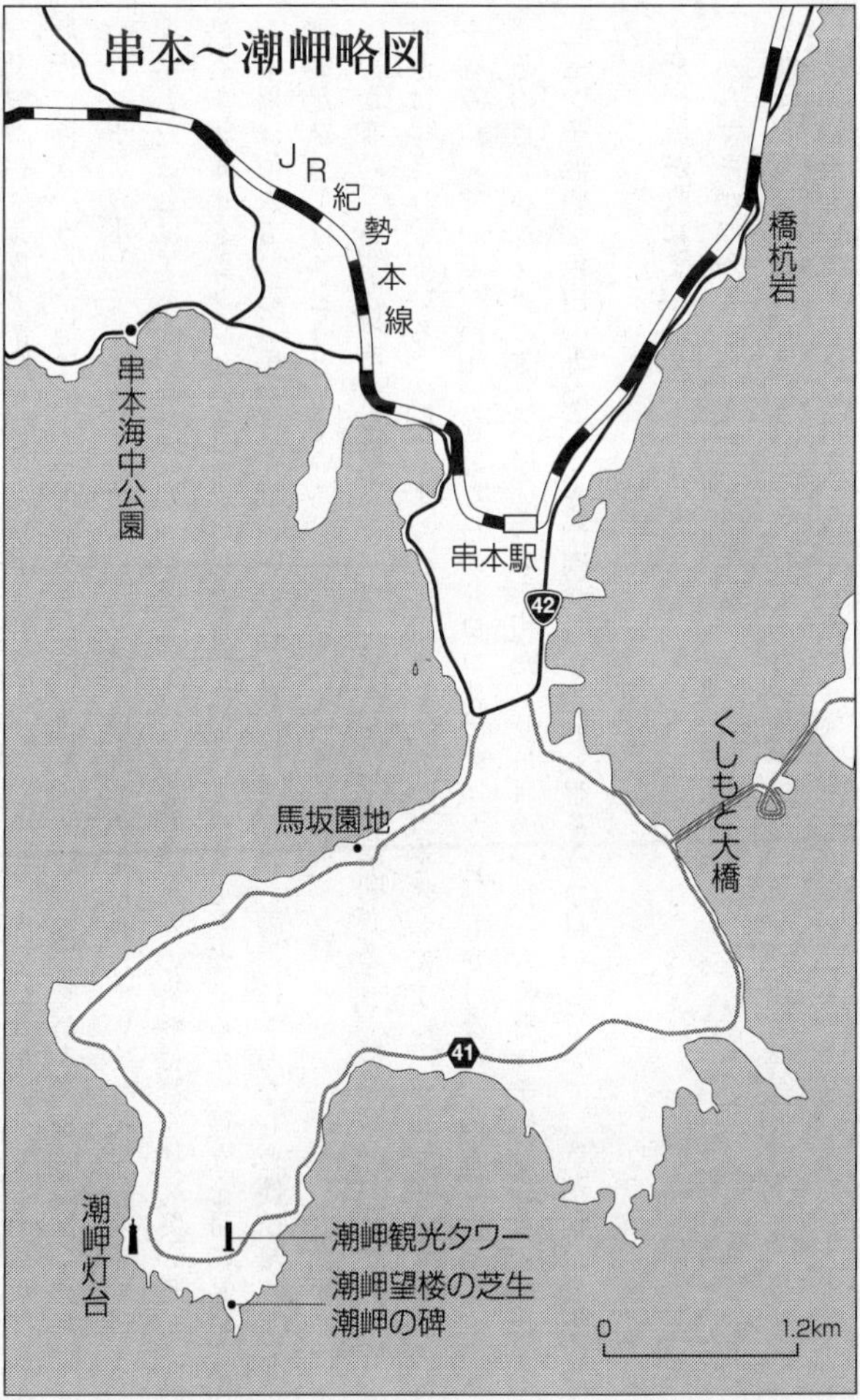
串本～潮岬略図
JR紀勢本線
橋杭岩
串本海中公園
串本駅
42
くしもと大橋
馬坂園地
41
潮岬灯台
潮岬観光タワー
潮岬望楼の芝生
潮岬の碑
0
1.2km

サヨコは、地図と潮岬に関する資料を用意した。彼女は、茶屋が出版社や新聞社の要請で取材旅行に行きそうな土地に関する資料をつねにパソコンに打ち込んでいる。当面必要な資料だけをプリントアウトして、茶屋に持たせる。これの整理能力には長《た》けていて、彼は彼女を秘書として採用したことはまちがいではなかったと、ときどき思う。彼女の容貌は群を抜いている。茶屋は渋谷の繁華街《はんかがい》をシンプルなメークの彼女と肩を並べて歩くことがあるが、彼女を目にとめて振り返る男は何人もいる。男だけではない。若い女性もスカートの裾にすんなりと伸びた、まるくて細い足を見てうっとりとしている。

だが誰にでも短所はあるもので、サヨコにはムラっ気の傾向がある。機嫌のいい日とそうでない日がはっきりしている。機嫌のよくない日は、気の強さを露《あら》わにする。ハルマキはサヨコの性格を呑《の》み込んでいて、機嫌が斜めな日のサヨコにはめったに話しかけないでいる。

その点、ハルマキの気持ちはいつも平坦《へいたん》だ。サヨコの身長一六〇センチに対して、ハルマキは二センチ低い。色白の丸顔で、やや肉づきがよい。眠そうな目をしていて、気が利《き》かなそうである。

「飛行機が取れました」

ハルマキが帰ってきた。

彼女はサヨコを手招きした。二人はひそひそ声で話し、ケケッと笑い合った。

その声を聞いて茶屋はいやな予感がした。

「先生。関西方面のあさってのお天気、よさそうですよ」

サヨコは新聞の予報を見て言った。

「あちらは、お魚がおいしそうですね」

茶屋はちらりとサヨコに視線を投げた。彼女は椅子の背に寄りかかって新聞を閉じている。

「お魚っていえば、しばらくあそこへ行ってないわね」

ハルマキがサヨコに同調するような言いかたをして、飛行機のチケットを茶屋の前に置いた。

「あそこ」というのは、茶屋がたびたび二人を連れて食べにいく道玄坂《どうげんざか》の居酒屋のことである。

彼は三年前に、サヨコとハルマキを採用した。面接にきたサヨコだけを採《と》るつもりだったが、この事務所に一人で勤めるのは不安だと彼女は言った。勤めても長つづきはしなさそうだとも言った。茶屋のほうは助手を一人雇《やと》えば充分だったが、サヨコは勤めるに当たっての条件を出した。友だちと二人でなら、給料に文句はつけないというのだった。彼女のいう友だちがハルマキだった。彼はサヨコを気に入ったから、彼女の条件を呑《の》むことにした。二人を採用しても、一人はやることがないとは思ったが、長く勤めて欲しかったから、彼が折れた。

サヨコとハルマキの採用に当たって、見落としたのは二人の食欲と酒の強さだった。まさか二人が酒に強いかどうかなどチェックポイントに加えていなかった。

サヨコとハルマキは、茶屋が原稿を書き上げると「打ち上げ」と称して、彼に飲食をせがむのだ。「先生、お疲れさまでした。今夜は例の店で打ち上げをやりましょう」といった具合に誘うのだ。言いはじめるのはサヨコである。「それがいい。やろやろ」とハルマキが同調する。

茶屋の著書の見本が出版社から届く。このときは「お祝い」と称して、少しばかり値段の高い料理屋へ行く。彼が取材で旅行に発《た》つ前は取材の成功を祈っての「歓送会」。旅行を終えて帰ると「歓迎会」。

彼女たちが勝手に決めた飲み会を毎度実行していたら、週に三回は飲み食いしなくてはならなくなる。だから三回に一回は、べつに予定があると彼は言って、事務所を逃げ出すことにしている。

二人はビールでも日本酒でもウイスキーでもなんでも飲《や》る。料理で嫌いな物はない。ことにカニとエビとアワビが好物である。ハルマキはサザエの壺焼《つぼや》きを五個ぐらいは食べる。「会」のはじまりは居酒屋か料理屋だが、そこでしこたま飲み食いすると、「さあ、そろそろ行きましょうか」とサヨコが腰を浮かす。帰宅するのではない。カラオケスナックへ移動するのだ。

その店で、ウイスキーの水割りを三、四杯飲むと、サヨコの顔から先の店で飲んだ日本酒の赤みが消える。マイクを持ってすっくと立つ。三曲はつづけてうたう。彼女の容姿は渋谷の繁華街できわ立っているくらいだから、他の客はグラスを持つのを忘れ、話をやめ、口をだらしなく半開きにして彼女に見とれ、歌の上手さに酔うのである。

客の中には、彼女の歌を聞きたくてその店へ通ってくる人がいるらしい。通っているうちにはサヨコに会えると思っているのだろう。

彼女に歌をリクエストする客は、五人や六人ではない。彼女が一曲うたうと、色紙《しきし》を差し出した男がいる。

「先生。わたしの代わりにサインしてあげて」

サヨコは面倒くさそうに言う。

客は茶屋が何者なのかを知らないから、「なんの先生だ。医者か?」などと言って、茶屋をにらみつけるのだ。美人で歌の上手い女性を連れてきている男が憎いのである。

ハルマキのほうは、目の縁《ふち》を赤く染め、茶屋の肩に寄りかかるようにしてチビチビ飲《や》っている。サヨコにすすめられて、ごくたまにうたうことがある。お世辞《せじ》にも上手いとは言えない。他の客の拍手もサヨコにくらべてまばらである。

うたい終えるとサヨコはハルマキの反対側から茶屋に腕をからめる。それを見ている客の中には殺意を抱いているとしか思えないような目を向けてくる男がいる。茶屋は憎まれ者なのだ。どうやら今夜は、複数の男たちから、「殺してやる」と言われているような視線を浴びることになりそうだ。

3

五月二十四日。茶屋は午前八時五十五分羽田《はねだ》発の飛行機で南紀白浜へ向かった。

飛行機が滑走路を滑《すべ》り出して十分もすると、右手に山頂部の白い富士山《ふじ》がくっきりと窓に映った。伊豆《いず》半島、御前崎《おまえざき》、遠州灘《えんしゅうなだ》をかすめ、志摩《しま》半島の大王崎《だいおうざき》の真上を飛んで、一時間あまりで南紀白浜空港に着陸した。

東京と同じく晴れているが、空が広く、その色が澄んでいた。陽差しが強く夏を感じさせるくらい気温が高い。空港の建物の前の緑の土手には「ようこそ紀州路へ」という白い文字があり、クジラの絵が描かれていた。

タクシーで白浜駅へ向かった。袋田和三郎の遺したアルバムに貼ってあった例の女性の写真には、「串本」と書いてあった。写真は五枚あったが、そのうち四枚の背景は海辺である。このことから「串本」は地名ではないかということになった。彼は列車で串本へ行ってみることにした。

白浜駅は白い建物だった。駅前にはタクシーがずらりと並んでいた。やがて着く列車から降りてくる人を待っているようだ。串本方面へ行く特急が着くまで三十分ばかり間があった。

茶屋は駅前のみやげ物屋に入り、サヨコとハルマキと袋田の自宅宛《あて》に干《ひ》ものを送ることにした。ここはウメの産地でもあった。干ものと塩辛《しおから》にウメ干しを入れて三人の住所を書いた。

到着した特急は「オーシャンアロー」といい、白い車体にブルーのラインが入っていた。窓が広くて海辺の景観がよく見えるようにしてあった。座席は八割がた埋まっていた。

串本へは五十分ぐらいだった。降りた客は少なかった。

茶屋は駅前の店で昼食を摂《と》ることにした。「食堂」と大きな看板を出している店だ。昼どきなのに客は二人しかいなかった。客の注文を聞いている女性と、調理場で飯を炒《い》っている男は夫婦のようだ。

お茶を淹《い》れかえに来た女性に、茶屋は五枚の写真を見せた。背景がどこか分かるかと訊いたのである。

彼女は写真を手にしてじっと見ていたが、

「これは橋杭岩《はしくい》です」

と答えた。海中に黒い岩が横に連《つら》なっている写真だ。

「それは串本ですか？」

「串本です。ここから紀伊姫《きいひめ》のほうへ一キロ半ばかり行ったところです。大島とつながるように海の中に岩が並んでいるからすぐに分かります」

彼女はほかの写真を持って、調理場にいる主人に見せた。

主人は上半身を乗り出して写真を見ていた。

「灯台はどこか分かりますか？」

茶屋は訊いた。

「この辺には灯台がいくつもありますからね。潮岬かカシノザキの灯台じゃないでしょうか」

樫野埼と書くのだという。

「大島の先端にあります」

茶屋は地図を開いた。「ここは串本　むかいは大島　中をとりもつ　巡航船」とうたわれた大島だ。その東端が樫野埼だった。現在は串本と大島は「くしもと大橋」で結ばれている。

「これは白良浜《しららはま》だと思います」

主人は背景の白砂の浜を見て言った。そこは白浜町だという。

背景の白い壁とマツ林はどこなのか分からないようだった。撮影地が確実になったのは橋杭岩だ。牧村編集長の、「串本」は地名ではないかと言ったのが当たっていたのである。

茶屋はタクシーに乗り橋杭岩の近くまで行きたいと言った。

「観光ですか？」

運転手は訊いた。

観光もしたいが、訪ねたい場所が五か所あるのだと言った。

「串本町内ですか？」

橋杭岩以外の四か所についてはあとで写真を見てもらうと言った。

運転手は茶屋の素姓《すじょう》を確かめるように、ちらりとバックミラーに目を上げた。

橋杭岩が間近に見える浜辺に着いた。海から隆起《りゅうき》したように大小の黒い岩が並列していた。

「全体を見るなら高台に立ったほうがいいですよ」

そう言った運転手に、茶屋は女性の写真を見せた。

「この浜で撮ったものですね」

運転手は写真を手にして一〇メートルばかり歩いた。

夏は海水浴場となる砂浜の先から、対岸の大島に向かって大小の奇岩が整然と並んでいた。干《かん》潮《ちょう》時は中ほどのひときわ大きな弁天《べんてん》島まで歩いて渡れるという。

「朝陽の昇る時刻が最高にきれいです。ここは国の名勝《めいしょう》で、天然記念物に指定されています」

茶屋はカメラを構えた。写真の女性が立っている位置をさがした。内海は静かに波を浜辺に送っていた。

並んだ岩は四十あまりあるが、そのうちの三十ぐらいには名がつけられているという。

「大島寄りから、一ノ島、二ノ島、三ノ島、四ノ島、大メド沖ノ島、イガミ島、弁天岩、ハサミ岩、元島」

運転手はとびとびに島の名を口にした。

写真の女性の左肩に当たる位置が弁天島であることが分かった。茶屋はそこに立って撮影した。

ほかの四枚の写真を運転手に見せた。

「これは白浜町の白良浜です。まちがいありません」

白砂の浜辺の写真は、食堂の主人が言ったことと同じだった。

「この灯台は、潮岬だと思います。わりに高さがありますから」

「そう。じゃ、そこへやってください」

潮岬灯台は、太平洋に突き出した岬の断崖《だんがい》上にあった。四角い門柱があり、その中に白亜《はくあ》の円形の灯台が建っていた。概要にはこう書いてある。

［一、沿革《えんかく》

この灯台は、慶応《けいおう》二年（一八六六年）江戸《えど》幕府がイギリス、フランス、オランダ及びアメリカの四か国と締結《ていけつ》した江戸条約で建設が決められた観音埼《かんのんざき》、剱《けん》埼、野島埼、神子元《みこもと》島、樫野埼、潮岬、伊王《いおう》島及び佐多《さた》岬各灯台の八灯台のうちの一つでした。

当初のものは、英人技師ヘンリー・ブラントンが設計し、明治二年（一八六九年）四月着工され、一年余を要し、翌三年六月完成、同月十日仮点灯を開始した日本初の洋式木造灯台でした。その後明治六年九月十五日正式点灯して業務を開始しました。

明治十一年四月十五日現在の石造りに改築しました。

二、要項

位置

所在地　和歌山県西牟婁郡串本町（潮岬）

北緯　三三度二六分〇三秒

東経　一三五度四五分二六秒

塗色及び構造　白色　塔形（石造り）

高　さ　水面からの構造物の頂部まで四九・四七メートル
等級及び灯質　無等　単閃白光　毎一五秒に一閃光
光　度　一三〇万カンデラ
光達距離　一九・〇海里（約三五キロメートル）
明　弧　二七八度から一三〇度まで
三、その他
光　源　一五〇〇ワットハロゲン電球
灯　器　直径一二〇センチメートル回転灯器
第五管区海上保安本部
　串本航路標識事務所管理」

女性の写真には白い灯台の全体が入っている。茶屋は灯台を見ながら後退した。基部に緑の樹木が写っている。タクシーの運転手も写真をのぞきながら撮影地点をさがした。

「この辺かな」

茶屋は灯台の横の建物と写真を見くらべた。その角度がぴったり合った。やはり写真は潮岬灯台だった。四角い窓の位置も合っていた。

茶屋は灯台へ入った。せまい階段を昇った。円形の展望部に立った。熊野灘《くまのなだ》とはてしない太平洋が広がっていた。沖をゆく船が何隻も見えた。眼下の岩礁《がんしょう》を白波が洗っている。観光客が数人いて、写真を撮っていた。海面から灯火まで五〇メートルぐらいはあるのではないか。

彼が灯台を下りると、

「お客さん、写真をもう一度見せてくれませんか」

運転手が言った。

茶屋は写真を出した。

「このマツ林は潮岬じゃないでしょうか。この近くに潮岬の碑があります。そこの前は約三万坪の大芝生《しばふ》です。その辺で撮ったんじゃないかという気がします」

「そこへ行きましょう」

そこは灯台から近かった。円形の展望タワーがあった。観光バスが停《と》まっていた。その前に緩《ゆる》やかな起伏の芝生の広場が広がっていた。大芝生の先端に変形の五角形の碑が建っていて、「潮岬　本州最南端」と黒い文字が刻まれていた。そこにはマツ林があった。その先は海に切れ落ちた断崖である。

茶屋はまた写真を出し、上半身が写っている女性が背負っているマツの枝ぶりをさがした。似たような枝はいくつもあるが、これだと特定できるマツの枝は見当たらなかった。

写真の女性の服装は、潮岬灯台を背景にしているのと同じである。したがってここのマツ林を背負って写真におさまったことは考えられた。

運転手は茶屋が手にしている写真をのぞき込み、

「さっきから考えているんですが、私はこの女性をどこかで見たことがあるような気がします」

と言った。

「ほんとですか？」

「はい。たしかに見たような気がするんです」

彼の記憶がたしかなら重要な情報だ。

茶屋は、どこで見たのか思い出してもらいたいと言った。

なまぬるい風が吹いて、マツ林が揺れた。梢《こずえ》ごしに見える海は青く、はてしなく広かった。沖に浮く船は黒く見えた。なにを積んでいるのか、同じようなかたちをしている。ゆきかう船の数からいって、そこは重要な航路のようである。

白い壁の前に立っている女性の写真をじっと見ていた運転手は、ひょっとすると樫野埼灯台をバックにしているのではなかろうかと言った。樫野埼は大島だ。

「なぜ、樫野埼灯台だと思いますか？」

「柵《さく》の一部が写っています。それで気がついたんです」

「樫野埼灯台には柵があるんですね？」

「あります。潮岬灯台にはありませんでしたが」

茶屋はうなずき、そこへ行ってみることにした。

くしもと大橋を渡った。青い海に白い橋が映《は》えている。小さな苗我島《みょうが》を中継点にして、二九〇メートルの大橋と三八六メートルのループ橋が平成十一年九月完成した。串本町内と大島が橋で結ばれたことから、歌にうたわれた巡航船は廃止された。

大橋を渡ると目の前に山が迫《せま》った。山頂にまるい物が見えた。航空自衛隊のレーダー基地だった。

大島は、東西約八キロ、南北約二・五キロ、周囲三六キロ、標高は一七二メートル。串本町の人口は約一万六千人で、そのうちの一割が大島に住んでいるという。山と海岸線は複雑なかたちをしているのか、道路はクネクネと曲がった。段丘上の畑ではキンカン栽培がさかんだと運転手が説明した。

石造りの塔が現われた。トルコ軍艦遭難記念碑とトルコ記念館だった。明治二十三（一八九〇）年、トルコ皇帝の特使を乗せて帰国途中だった軍艦エルトゥールル号は、樫野埼灯台下の岩礁に乗り上げて遭難し、五八一人にのぼる犠牲者を出した。この遭難救助には島の人たちがあった。無残な海難事故のあった場所を見下ろすところに記念碑が立てられたのだという。

大島には日米修交記念館もある。くすんだ黄赤色の建物だ。ペリーの浦賀《うらが》来航より六十二年前の寛政《かんせい》三（一七九一）年、二隻のアメリカ商船が樫野に来航して貿易を申し込んだ。日米のさまざまな文献によって、知られざる日米交流の事実が明らかにされたことを記念して、この記念館は建てられたのだという。

紀伊大島略図
戸島崎
権現島
紀伊大島
樫野崎
大島
40
樫野
くしもと大橋
須江
通夜島
須江崎
熊野灘
0
2km

記念館の前では、老婆がキンカンを袋に入れて売っていた。観光客の姿はなかった。

4

樫野埼灯台は、日本最古の石造灯台だという。潮岬灯台よりも低く、ずんぐりしていた。タクシーの運転手の言うとおり、白い灯台を鉄の柵が囲んでいる。

女性の写真を出した。肖像画になった写真である。

「ここだ」

写真に照らしてみて、茶屋は思わず叫んだ。柵の高さと位置がぴたりと一致していた。

氏名も身元も不明なこの美しい女性は、串本へ来て橋杭岩と潮岬と樫野埼を訪れたことは確かとなった。白浜町へも行ったようだ。彼女は単独ではなかったろう。同行者が彼女をカメラにおさめたような気がする。同行者は袋田和三郎だったようにも思われる。

タクシーの運転手は、茶屋が手にしている写真にあらためて見入ったが、どこで出会ったのか、なぜ写真の女性に見覚えがあるのかを思い出せないでいるようだった。

「この女性をタクシーに乗せたことがあるんじゃないですか?」

茶屋は訊いた。

「そうだったでしょうか?」

運転手は首を傾《かし》げている。乗客だったとしても、最近のことではないような気もすると言った。

「何年も前ということですか？」

「乗せたとしたらだいぶ前のことです。でも、何年も前に乗せた人を覚えているなんてめったにないことです」

「長時間乗せていたから、記憶に残っているのでは」

「そうでしょうか。……私はこの女性を何回も見たような気がするんです。それも何年か前のことです」

「何回も見た……」

どういうことだろう。

地元に住んでいる人だとしたら、何回か会ったとしてもおかしくはない。

運転手のすすめで海金剛《うみこんごう》を見ることにした。五〇メートルほどの高さの断崖が、熊野灘に垂直に落ち込んでいた。海には大小の奇岩が点々とあり、波に洗われて泡立っていた。

運転手は、今夜の宿はどこかと訊いた。茶屋は、南紀串本ホテルだと答えた。

タクシーは対岸の見える場所に停まった。対岸の串本町は幾重《いくえ》もの山を背負って、紺《こん》色をしていた。内海は豊かな漁場であるらしい。油を流したように静かな海を、白い船が航跡を曳《ひ》いて往《ゆ》来《き》している。

白いホテルは、対岸の丘の上に建っていた。うす陽《び》が海を照らして、銀鱗《ぎんりん》を広げた。

「私は、写真の女の人に、直接会ったのではないような気がしてきました」

運転手は車を走らせた。車の往来がほとんどない、くしもと大橋を渡った。

「直接会ったのではないというと？」

「その人を、なにかで見たような覚えがあるんです」

「なにかで見たというと、写真でしょうね？」

「そうだと思います」

車は坂を登った。威容を誇っているようなホテルの白い建物が近づいた。

茶屋は運転手に名刺を渡し、写真の女性のことを思い出したら知らせて欲しいと言った。運転手は古川《ふるかわ》という名だった。

部屋に入ると窓辺に寄った。今度は対岸が大島になった。暮れなずむ山上には何本ものアンテナが立ち並び、レーダー基地のまるい建造物が山のかたちの一部になっていた。小型船がせわしなげにさざ波を砕《くだ》いて走っている。左手に橋杭岩が見下ろせた。シルエットになった岩は乱杭歯《らんぐいば》のようにふぞろいに並んでいた。

事務所に電話した。サヨコから日に二回は電話するようにと言われている。

彼は、女性の五枚の写真のうち三枚は串本だということが確認できたと話した。

「やっぱり『串本』は地名だったんですね」

サヨコが言った。

「牧村君の勘が当たった。写真の女性は潮岬とその付近を歩いたんだ」

「その牧村さんから電話がありました。先生は出発したかと訊かれました。そちらの気温はどうですか？」

「天気はいいし、日中は暑いくらいだった」

「串本はいいところですか？」

「海岸線は変化に富んでいて、きれいだ。観光客は少なくて、どこもすいている」

「本州最南端の潮岬の眺望はどうでしたか？」

「目の前にはてしなく広い太平洋があるだけだった」

「なにか起こりそうな場所ですか？」

「なにも起こらなさそうだ。風も弱いし、海は凪《な》いでいた」

「そんなことを牧村さんに言ったら、がっかりするでしょうね」

「彼ががっかりしてもしようがない。今回も彼は、なにか起こって、私が困るのを期待しているんだろうが、きょうのところは平穏だ。写真の女性が潮岬と大島に来たことが分かったのが収穫だ。もし袋田から電話があったら、そう伝えてくれ」

「その女性が潮岬を訪ねたことが分かっても、身元判明のヒントにはなりませんね」

「そういうことだな。彼女が誰と来たのかも分からない」

電話はハルマキに代わった。

「先生。元気ですか？」

なんだか何日も会っていないようなことを訊く。

「どこも悪くない」

「わたしにも、元気かって訊いて」

「お前は、なにを食っても飲んでも平気な、鋼鉄の胃腸を持っている。訊くだけヤボじゃないのか」

「そんなことありません。きょうは朝から、胸の下のほうがチクチク痛んでいます」

「虫に食われたんだろ？」

「そうかしら」

ハルマキの声を聞いていると、眠気がさしてきそうだ。

電話を切って三分もしないうちに、フロントから、電話が入っていると言われた。サヨコかハルマキが言い忘れたことがあったのではないか。

「先ほどご案内した古川です」

タクシーの運転手だ。「車庫にもどって、同僚に話しましたところ、女性の写真を見たいという者がいます」

「なにか心当たりでもあるんでしょうか？」

「写真を見れば、なにか思い出すような気がします。同僚も私と同じで、その女性を見たことがあると言うかもしれません」

茶屋はタクシー営業所へ行くことにした。それを言うと古川はホテルへ迎えにいくと言った。彼のいる営業所はここから近そうである。

タクシー営業所にはシャツ姿の男たちが五、六人いた。職員らしい男もいて、茶屋の出した五枚の写真に見入った。

「見た覚えがある」

メガネをかけた男が言った。

「あれだよ、あれ」

長身の瘦《や》せた男が写真を振るようなしぐさを見せた。

男たちは彼の顔を見上げた。「あれ」という言いかたには下品なひびきがあった。写真は友人の袋田の父親が持っていたものである。背の高い男の言葉でそれが汚されるような気もした。

「殺された女だよ、これは」

背の高い男の品のない言葉は衝撃的だった。

「殺された……」

茶屋は言った。

「そうか、思い出した。道理で何回も見たと思ったんだ。そうだ。あの人だ」

古川が言った。

メガネの男も顎《あご》を動かした。

茶屋は男たちの顔を見くらべた。信じられないことが目の前で起こったような気分になった。

5

古川が茶屋に椅子をすすめた。古川も正面の椅子にすわった。

「たしか五、六年前のことです」

古川はポケットから出したタバコをくわえた。「潮岬の林の中から女性が遺体で見つかりました。その人は首を絞《し》められて殺されていました」

その被害者が写真の女性だというのだ。

茶屋は自分の目が大きくなったのを感じた。

「殺人事件ですね。その事件は解決しましたか？」

「未解決です」

「殺された女性の顔写真が、何回も新聞に載りましたし、刑事がここへも聞き込みに来ました。それで私には、この人を何回も見たような記憶があったんです。殺されたのは、この人にまちがいありません。きょう、潮岬へ案内したのに、なぜそれを思い出さなかったのか……」

古川は頭に手をやった。その拍子《ひょうし》にタバコの灰が膝にこぼれた。

「この人の身元は分かりましたか？」

「大島の人でした。きょうは、それも忘れていた。なにしろ五年も六年も前のことでしたからね」

古川は茶屋に謝《あやま》るような顔をした。彼は毎日のように客を潮岬や大島へ案内しているから、記憶が麻痺《まひ》していたのだろう。

「この女性はずっと大島に住んでいたんですか？」

「そうじゃなかったような気がします」

「他所《よそ》から来て、住んでいたということですか？」

「たしか、そんなふうに新聞には出ていたと思います」

「住所は大島のどこでしたか？」

「須江《すえ》というところです。樫野崎より手前で、大島の中心部です」

女性の氏名を訊いたが、忘れたという。ほかの男たちに訊いたが、思い出せないようだった。

「殺された女性は何歳でしたか？」

「三十半ばでした」

「独身でしたか？」

「独り者《ひと》でした。たしかその人の父親が食堂か喫茶店のような店をやっていたようです。父親は亡くなって、女性は独り暮らしをしていたと新聞に出ていたと思います」

茶屋は古川の言ったことをメモした。

地元の新聞社に行けば、当時の新聞は保存してあるだろう。警察で訊いても、女性の氏名や住所ぐらいは教えてもらえそうだ。

茶屋は古川のタクシーでホテルにもどった。午後七時半だが、閉まっている店があって街には活気がなかった。

ホテルのレストランで夕食をすませたあと、袋田の自宅に電話した。

「忙しいところを、遠くまで行ってもらって申し訳ない」

袋田は言った。

「写真の女性がカメラにおさまった場所が串本で三か所確認できた」

「そうか。『串本』はやっぱり地名だったのか」

「彼女は地元の人だったようだ」

「身元も分かったのか?」

「それはあした確かめるつもりだが、袋田、驚くなよ」

「なんだ?」

「彼女は五、六年前に、潮岬の林の中で殺されたらしい」

「なんだって……」

袋田は絶句した。

「写真をタクシーの運転手に見せて、どこで写真におさまったのかをさがしていた。運転手は写真を見て、見覚えのある女性だと言った。だがどこで見たのかは思い出せなかった。営業所に帰って同僚に話したところ、写真を見たいと言いだした同僚がいた。それで営業所へ行って、何人かに写真を見せた。見覚えがあったと運転手が言ったのは、彼女が殺されて、その写真が新聞に載ったからだった」

「殺されたのは、写真の女性にまちがいないんだろうね？」

「まちがいなさそうだ。複数の人間が写真を見て、そう言ったんだ。確認はあしたになるけどな」

「どういう女性だったのかも、まだ分からないんだね？」

「亡くなったとき三十半ばだったらしい。大島に住んでいて、独身だったということだ。いまのところはそれぐらいしか分かっていない。あすの晩、また電話するよ」

「驚いたな。殺されていたなんて」

「まったくだ」

袋田は茶屋に、気をつけて調べてくれと言った。

朝陽は大島の向こうから昇った。島影は墨《すみ》を塗ったようなシルエットだった。島の上の雲に反射した陽の光が内海を照らした。きのう古川運転手が「朝日の昇る時刻が最高にきれい」と言った橋杭岩は連なった黒い点だった。陽が昇るにつれて内海の輝きが広がった。大島の山上が燃えているような色になると、黒かった橋杭岩の岩角がオレンジ色に輝きはじめた。海は刻々と色を変え、波の条《すじ》をきわ立たせた。

陽が昇りきると眼下の風景が明瞭になった。ホテルの真下が線路だった。車体に赤いラインの入った二両連結の電車がとおった。

しばらくすると青いラインの入った六両連結の列車がとおった。特急のようである。

串本には読友《よみとも》新聞の通信部があることが分かった。そこへ電話を掛け、五、六年前の新聞が保存してあるかと訊くと、縮刷版ならあるという。

彼は通信部へ出かけた。メガネをかけた色の白い男がいた。

茶屋の出した名刺を見た男は、

「あのう、旅行作家の茶屋さんですか?」

と、まるい目をした。

茶屋はうなずいた。

男も名刺を出した。馬渕《まぶち》という名だった。三十五、六歳である。

「私は、茶屋さんのご本を何冊も読んでいます。『名川シリーズ』も面白かったですが、『岬シリーズ』を読ませていただいて、とりこになりました」

人なつっこい顔の馬渕はお茶を出した。

「五、六年前の新聞とおっしゃいましたが、どんな記事をおさがしですか?」

「そのころに、潮岬の林の中で女性が他殺死体で発見されたという話を聞きました」

「その事件なら知っています。そのころ私はまだここに赴任《ふにん》していませんでしたが、前任者から聞いています」

馬渕は縮刷版を開いた。

［女性遺体発見　殺人か（潮岬）］

見出しはこうなっていた。遺体が発見されたのは六年前の十月だった。発見のきっかけは潮岬の売店店員の、「腐臭がする」という通報だった。串本警察署員が腐臭の元をさがしていて女性の遺体を発見した。女性は三十歳から四十歳。身長一六二センチ程度で丸顔。髪は肩にかかる長さ。灰色のシャツに紺色のズボン。黒の靴がすぐ近くで見つかった。首を絞《し》められたような跡があることから、警察では遺体を解剖して検《しら》べることにしている。ズボンのポケットにハンカチが入っていたが、バッグなどの持ち物は発見されておらず、身元は不明。死後四、五日経過しているもよう——となっていた。

次の日の記事には、女性遺体の解剖結果が出ていた。扼殺《やくさつ》と断定した、とあり、女性の似顔絵が載っていた。

首を絞められて殺された女性の身元は、遺体発見から三日後に判明した。家族が届け出て確認した。被害者は緒形誠子《おがたせいこ》、三十六歳。住所は串本町須江（大島）。彼女は「内浦《うちうら》マリンホテル」に勤めていた。同ホテルでは彼女が何日間か出勤しないので、白浜町内に住む妹に連絡した。妹は、姉の住まいへ行ってみると、何日間か帰宅していないことが分かり、警察に照会したとなっていた。

新聞には緒形誠子の写真が載った。串本署に設《もう》けられた捜査本部には、一週間ぐらい前に彼女に似た女性を見かけたという通報が約二十件寄せられたが、犯人らしい人物を見たという情報はなく、捜査は難航——

「馬渕さんは、この事件に関しての取材をしましたか？」

茶屋が訊いた。

「しました。私がここに着任したのは三年前です。前任者から未解決の殺人事件があって、迷宮入りになりそうだと聞きました。それで被害者の住所付近を聞き込んだり、当時捜査に当たった刑事にも会いました。扼殺であることから警察では男の犯行という見方をとっていますが、殺害動機も不明で、犯人像を絞《しぼ》り込めていません。事件直後、東京からは、うちの社が発行している週刊誌の記者をはじめ、各誌の記者が来て取材したようですが、被害者が殺された日の目撃情報がなくて、いまもって犯人については、皆目《かいもく》見当がつかないといった状況です」

新聞は二週間ばかりこの事件の続報を載せたが、犯人に関する情報がないために、ネタ切れとなってか、扱わなくなったようである。

「ところで茶屋さんは、この事件に、なにか心当たりでもおありですか?」

色白の記者のメガネが光った。

茶屋は五枚の写真を出した。

「えっ。これは、緒形誠子じゃありませんか」

馬渕は写真を手に取った。顔がいくぶん紅潮した。

茶屋はなぜこの写真を持っているかを説明した。写真の一枚が肖像画になって大阪・天王寺の露店で売られていたことも話した。

「私は、この写真をアルバムに貼っていた人の息子に、この女性がどこのどういう人だったのかを調べて欲しいと頼まれました。それと、この写真が串本で撮られたのだとしたら、潮岬を取材するつもりで来たんです」

写真の背景は、橋杭岩、潮岬灯台、樫野埼灯台だったことが、きのう確認できたとも話した。肖像画を撮った写真も見せた。肖像画は灯台を囲む柵が入っていないだけである。

「この写真をもとにして描いた肖像画が、ホームレスの手に渡っていた……。なんだか数奇な運命をたどった絵のようですね」

茶屋は、新聞と週刊誌に載った緒形誠子の写真を見つめた。殺されていたのが緒形誠子と判明した時点で、記者は彼女の写真をどこからか手に入れて掲載したのだ。つまり彼女の写真を持っていた人がいたということである。

「茶屋さん。この五枚の写真は、彼女が殺される少し前のものでしょうね」

「そうですね。彼女が殺されたとき三十六歳だったのを考えると、一年か二年前のものでしょうね。そのころ、彼女は大島に住んでいましたか？」

たしか大島にいたと思うと馬渕は言って、棚からファイルを抜いた。

電話が鳴った。べつの通信部か支局の記者からの連絡のようだった。

三章　姉　妹

1

読友新聞が調べた緒形誠子の経歴はこうなっている。

彼女は、東牟婁郡古座《こざ》町で生まれた。古座町は串本町の隣である。出生地で高校を卒《お》えると東京へ出、墨田《すみだ》区の化粧品製造会社に就職した。二十六歳までの八年間勤務し、郷里に帰るという理由で退職した。だが彼女は帰郷しなかった。

誠子が東京で働いている間に、父親の和彦《かずひこ》は大島の須江に転居し、そこでレストラン「オーガーシー」をはじめた。地元の人も利用するがおもに観光客を相手にしていたため、喫茶ができるようにし、わずかにみやげ物も扱っていた。

化粧品製造会社を辞めた誠子のその後の職業は不明。彼女が三十一歳のとき、父親とともにレストランをやっていた母が急死した。大阪へ買い物に行っていたのだが、交通事故に巻き込まれたのだった。

母親が死亡したのを機に、誠子は帰郷した。

三年ばかり父親を援《たす》けてレストランに従事していた。和彦は病気になり、串本の病院に入院した。彼の病気は重く、回復の見込みがないと思われてか、誠子は店を閉めた。父親の看病に専念したのだった。

和彦は七、八か月の間、入退院を繰《く》り返したのちに死亡した。六十六歳だった。

誠子は、内浦マリンホテルに臨時雇員として就職したが、約一年後、奇禍《きか》に遭《あ》ったのだった。

「緒形誠子には妹がいたんですよね？」

茶屋が訊いた。

「五つちがいの妹がいます。尚子《なおこ》といって、白浜では知られた料理屋の二代目と結婚しましたが、離婚して、二人のあいだに生まれた男の子を引き取り、串本町内で二人暮らしをしています。彼女は二年ぐらい前に小料理屋をはじめました。その店には私も行ったことがあります。尚子もなかなかの美人です」

「誠子の事件について、尚子から取材したことがありますか？」

「前任記者も会っていますし、私も話を聞いたことがありますが、犯人についてはまったく見当がつかないし、尚子は高校を卒えるとすぐに親もとを離れたということで、姉の誠子のことはよく知らないと言っていました」

「尚子は、高校を卒えてすぐに就職したんですね？」

三章　姉　妹

1

「白浜にいたんです。私が彼女に会った印象では、姉の事件には触《ふ》れてもらいたくないという感じでした。現在は水商売をやっていますから、事件をあらためて話題にされたくないのでしょうね」

「じゃ、馬渕さんが尚子の店へ行っても、歓迎されないのですね?」

「態度には出しませんが、ほんとうは来て欲しくないのでしょうね。私が行けば、いまでも姉の事件をさぐっていると思うでしょうね」

「警察からは情報が出ませんか?」

「まったくありません。すでに匙《さじ》を投げてしまっているようです」

「誠子は三十一歳のときに郷里に帰って、父親のやっていたレストランを手伝っていたということでしたが、恋人か婚約者の噂《うわさ》はなかったんですか?」

「そういう人がいたという噂はなかったということです。交際している人はいたが、周辺の人には分からないようにしていたのかもしれませんね」

「真面目《まじめ》な女性だったんでしょうね?」

「素行についての噂はありません。私がここに着任してから聞き込みしましたが、美人という評判ではありましたが、縁談についての噂もありませんでした」

袋田和三郎の持っていた五枚の写真は、誰が撮ったのか。写真に撮られたときの年齢の見当からいって、彼女が大島へ帰ってきて、父親の経営するレストランに従事していた当時のもののようだ。彼女を和三郎が訪ねてきて、撮ったのだとしたら、彼がアルバムに貼っていても不思議ではない。それとも誰かに撮られた写真を彼に与えたのか。

「緒形和彦と誠子が住んでいた家は、現在どうなっていますか？」

「誠子の死後、尚子が処分して、彼女たちとは無関係の人が住んでいました。しばらく見ていませんが現在もそうだと思います」

茶屋はそこへ行ってみると言った。

「それでしたら、私が車でご案内します」

馬渕は白いデスクの上に置いた物を片づけた。

馬渕は白い小型車を運転しながら、串本へ来てどこを見てまわったかと訊いた。茶屋は、きのうタクシーでまわった場所を話した。

「海中公園はまだご覧になっていませんね？」

「見ていません」

「普通の水族館とちがって、人間が海にもぐって自然の海中を見るようになっています。あとでご案内しましょう」

車は串本警察署の前をとおった。小ぢんまりした三階建てだった。緒形誠子が殺された事件の捜査は続行されているが、専従捜査員は三人ぐらいしかいないという。

くしもと大橋を渡った。きょうも海は凪《なぎ》だった。車は右に曲がった。小学校があった。

「しばらくこないうちに、この辺、少し変わりました」

馬渕は車を停めた。新しい建物のみやげ屋があった。その三、四〇メートル海寄りが、緒形和彦の経営していたレストラン・オーガーシーだったという。彼の死後、誠子は店を再開せず独り暮らしをして、ホテルに勤めていたという。が、その二階建てはそう古くはなくて、「軽食・喫茶」という看板を出した店になっていた。

「新しいレストランに生まれ変わったんですね」

馬渕は言った。

近所には古い住宅が五、六軒あった。茶屋はその各家を訪ねることにした。誠子とはどんな女性だったかを知りたい。

ブロック塀をめぐらせた赤い屋根の家へ入った。髪の白い主婦が出てきた。緒形誠子を覚えているかと訊くと、

「覚えてはいますけど……」

いまさらなにを訊くのかという表情をした。

ただ彼女のことを訊きたいと言ったところで、もうなにも話すことはないと言われるのが関の山だろう。

茶屋は自分を名乗り、誠子の写真を出して見せた。この女性がどこに住んでいたのかを知りたくて串本を訪れたら、六年前に殺されたことを知ってびっくりした。それでどんな生活をしてい

た人なのかを知りたいと話した。

「まあおかけください」

彼女は上がり口へすわってくれとすすめた。

「誠子さんが殺されたと聞いたときは驚きました。あんなにおとなしくて、きれいな娘さんが、事件に遭うなんて信じられませんでした」

事件直後、刑事やマスコミ関係者が毎日訪れては、うんざりするほど彼女のことを訊かれたという。

「こうしてあらためて写真を見ると、誠子さんはほんとうにきれいです」

「彼女は東京に住んでいたということですが、ときどき帰省していましたか？」

「毎年、二、三回は帰ってきていました。帰ってくると店を手伝っていました。一週間も十日も店を手伝っていることがありましたから、もう東京には行かないのかとみていたこともありました」

「一週間以上も……。それは誠子さんが何歳ぐらいのときですか？」

「そうですね、三十近くにはなっていたと思います。とうに結婚していてもいい年齢になっていましたからね」

「誠子さんは、高校を出てすぐに東京の会社に就職して、お母さんが亡くなった三十一歳まで東京で暮らしたことになっていますが、その間に誰かを連れて実家に帰ってきたことはありませんか？」

「見たことはありません」

「この近所には、誠子さんが好きになったり、彼女と交際しようとした男性はいなかったのでしょうか？」

「そういう話を聞いたことはありません。この辺には若い男の人は少ないし、いても遠くへ働きに出ていますから、たまに帰省しても、この辺の人と知り合う機会は少なかったでしょうね。お母さんが亡くなって、誠子さんがお店を手伝うようになってからは、彼女が目当てなんでしょうか、男のお客さんがよく来るようになっていました。なかには自衛隊の人もいました。誠子さんはいつも地味な服装をしていましたが、それがかえって器量をひき立てていました」

そういう女性がなぜ殺されたのかと、茶屋は腕組みした。

「警察では、痴漢のしわざとみているようでしたね」

しかし地方の人でもない彼女がなぜ潮岬へ行ったのだろうか。もしかしたら彼女は、知り合いの人を潮岬へ案内したのではないか。そうだとしたら彼女に案内されたのはこの土地の人間ではないような気がする。

茶屋はべつの民家も訪ねた。誠子の写真を見せると、どの家の人も興味を持って写真に見入った。五枚のうちの一枚を見て、「潮岬灯台だ」と言う人もいた。

何人かに会って、誠子の人柄の見当がついた。彼女は温和で、どちらかというと口数の少ない控えめな性格だったようだ。人目を惹《ひ》くような服装をしたのを見たことがないと、誰もが言った。

馬渕記者は、茶屋とはべつの民家をまわっていた。

「もうネタ切れですね。どの家からも誠子に関しての新しい情報は聞けません」

馬渕は誠子の事件に関して熱意を失っているような言いかたをした。

2

馬渕記者の案内で串本海中公園を見ることにした。そこは町の中心地よりも西のはずれだった。

水族館のプールにはウミガメがうようよいた。ここには観光客が大勢いて、ウミガメに餌《エサ》を与えていた。争って餌を奪い合うウミガメは目つきが鋭く獰猛《どうもう》に見えた。海中公園へは、海に突き出た朱塗りの桟橋《さんばし》を渡った。階段を下りる。丸い窓がいくつもあり、魚の生活が手に取るようにのぞけた。ほとんどがタイの群れである。

「茶屋さんは、尚子にお会いになりますか？」

桟橋に出ると馬渕が言った。

「会います。写真を見せ、肖像画のことを話せば、私を追い返すようなことはしないでしょう」

「私は彼女に会わないことにします」

馬渕は尚子の住まいの近くまで茶屋を送ると言った。

海中公園は観光スポットのひとつらしく、大型観光バスが二台着いた。バスを降りたのは中高年の人たちだった。

車は、右手に青い海と潮岬の半島を見せて走った。

緒形尚子がやっている小料理屋は、読友新聞通信部の近くで「みさき」という黒い字の看板が出ていた。茶屋は車を降り、「みさき」のガラス戸をノックしてみたが、応答はなかった。

彼女の住まいは、茶屋が泊まったホテルの近くだった。二階建ての小ぢんまりした住宅である。女性が二階の窓辺に上半身を出して洗濯物を取り込んでいた。

「あれが尚子です」

馬渕が教えた。

茶屋は礼を言って車を降りた。

馬渕は、あとで連絡してくださいと言って立ち去った。

玄関の横には黄色と紫色の花が植えられていた。

尚子は、写真の誠子よりもいくぶん細面《ほそおもて》だったが、目のあたりがよく似ていた。自宅にいるからか化粧気はなかった。

茶屋は名刺を渡し、職業を名乗った。

「ああ、週刊誌でよくお名前を見かけますし、本を読んだこともあります」

彼女は目を細めたが、すぐに真顔になり、旅行作家がどうして訪ねてきたのかという表情をした。

「いまさらとお思いでしょうが、どうしてもお姉さんのことをお伺いしたくて、出てきました」

「姉のこと……」

尚子の眉間《みけん》がせまくなった。

「私は誠子さんの写真を持っています」

彼は写真を出して見せ、なぜこれを持っているかを説明した。

「潮岬で撮ったものです。これと同じ写真を姉も持っていました」

彼は、串本に来るまで誠子が事件に遭ったことは知らなかったと話した。

「せまいところですが、どうぞお上がりください」

彼女は座敷へとおした。その部屋には仏壇があった。彼女は小振りの座卓の前へ座布団《ざぶとん》を置くと、彼の正面にすわった。

「わたしの住所がよくお分かりになりましたね」

彼女の表情は曇ったままだった。

「こちらに来て、誠子さんが不幸な目にお遭いになったと聞き、マスコミ関係者に当たりました」

彼女は小さくうなずいた。

「私は、警察やマスコミのように、誠子さんの事件を調べるつもりはありません。先ほどお話しした袋田和三郎さんが、なぜこの写真を大切にしていたのか、誠子さんと彼がどのような知り合いだったのかを知りたいのです。この背景の白い壁は樫野埼灯台ということも分かりました。じつはこの写真は肖像画になっていました。それはご存じですか？」

「知っています。姉は肖像画を持っていましたので」

「絵を持っていた……。では、誰が描いたのかをご存じですか？」

「それは知りません。姉があういう目に遭ってから、大島の家を整理しました。すると押入に肖像画とアルバムがしまってありました。アルバムは残しておきましたが、絵は姉が持っていた物と一緒に処分しました。あの絵を見ていると、姉がすぐそこにいるような気がして、姉妹《きようだい》なのに気味が悪くなって、手放すことにしたんです」

「どういう人に絵を渡しましたか？」

「田辺《たなべ》市のリサイクル業者です。大島の家を処分するつもりでしたので、家具と一緒に持っていってもらいました」

それは誠子が殺されて半年経ってからだという。

茶屋は尚子から家具類を買い取った業者の名を聞いて、ノートに控えた。

尚子は二階へ上がると赤い表紙のアルバムを抱えてきた。誠子の遺品だった。尚子はアルバムを開いて茶屋に向けた。袋田和三郎がアルバムに貼っていた写真があった。和三郎が持っていたのは五枚だったが、誠子のアルバムには十二枚がおさまっていた。明らかに潮岬灯台付近だと分かるのが三枚あった。白い砂浜に立っているのが二枚あった。誠子は石畳に立って髪を押さえていた。垂直に切り立った断崖を背負っているのもあった。十二枚の写真は、アルバムの最後に貼ってある。

「石畳は白浜の千畳敷《せんじょうじき》で、断崖はやはり白浜の三段壁《さんだんぺき》というところです。砂浜は白良浜です」

尚子は白浜にいたことがあるというから、一目見てその場所が分かるのだろう。

「いつごろ撮ったのか見当がつきますか？」

「姉があんなことになる一年ぐらい前ではないでしょうか」

十二枚の写真のあとには一枚もないことから、死亡する直前に潮岬や白浜で誰かから撮ってもらったことも考えられる。

「どなたが撮ったのかご存じですか？」

「知りません。姉が亡くなるまで、この写真があるのをわたしは知らなかったんです」

茶屋は尚子に断わって、アルバムのすべてを見せてもらうことにした。

写真は誠子が十代のころからはじまっていた。同じ作業服を着た五人と一緒に写っているのがあった。ほとんどは旅行先で撮ったものらしく、ハイキング姿や旅行鞄《かばん》を提げているのもあった。その旅行先が茶屋に分かるのが何枚かある。信州の上高地《かみこうち》と安曇野《あずみの》への旅は夏だった。金沢と能登《のと》は秋。夏に北海道へ行ったらしく、札幌《さっぽろ》の時計台と富良野《ふらの》。リンゴの白い花が満開のは青森のようだった。雪の降る断崖の近くに立っているのもあった。海と岩のかたちから佐渡《さど》の尖閣湾《せんかくわん》であることが分かった。例の十二枚の写真の前に貼ってある五枚は風紋《ふうもん》の砂丘《さきゅう》だ。これは鳥取《とっとり》砂丘にちがいなかった。砂丘に立っている彼女の顔と例の十二枚とには年齢の差が感じられない。鳥取への旅は、死亡する一、二年前ではなかったか。

当然のことだが、アルバムは年齢の推移を明瞭にしていた。十代から二十代、そして三十代前半にいたる誠子の記録だった。

茶屋は、袋田和三郎の写真を期待したが、それは貼ってなかった。彼だけではない。アルバムのすべてを見たが、男性のものは一枚もなかった。誠子は三十六歳で逝《い》った。恋愛経験がなかったというのは不自然だ。彼女はアルバムが人の目に触れるのを意識して、男性を撮ったり、写真をもらったことはあったが、貼っておくのをためらったのではなかろうか。アルバムを見た人に、「この人、誰なの？」と訊かれるのを嫌ったようにも思われる。

「それは、姉が東京へ行ってからのものです」

尚子が言った。

「誠子さんは、東京で化粧品製造会社に八年間勤めていたそうですが、その後は転職したのでしようか？」

「べつの会社に勤めていたようですが、詳しいことは知りません」

「あなたは、誠子さんが東京にいるあいだに、訪ねたことは？」

「姉が化粧品会社に勤めているとき、一度だけ行ったことがあります。姉は会社の寮に入っていました。そこへ一泊して帰りました」

誠子は質素な生活をしていたという。

写真で見る誠子は、どれも同じような地味な色の物を着ている。明るい派手な色の服装を好まなかったようである。

「誠子さんは、お母さんが亡くなられると東京から帰ってきて、お父さんのやっていたレストランを手伝っていたということですが？」

「はい。父が病気になるまで店をやっていました」

「大島へ帰られてからも独身でとおしていたということですが、お付き合いしていた人はいなかったのですか？」

「男性の友だちはいましたが、恋人といえる関係の人はいなかったようです。姉からそういう話を聞いたことはありませんでした。わたしは高校を出てからずっと白浜にいました。近くにいながら、一年に一回ぐらいしか実家へは帰りませんでした。恥ずかしい話ですが、高校を卒業してすぐに家を飛び出したものですから、父も母もわたしにいい感情を持っていませんでした。両親は姉のほうが好きで、可愛かったようです。それを知っていたので、わたしは両親に会いたくなかったんです。実家へ行って父から、早く自分のところへ帰れと言われたこともありました。そういうこともあって、わたしは両親に親しみを感じていませんでした。親子なのにどうしてとお思いになるでしょうけど」

茶屋は首を横に振った。世間にはそういう親子もいるだろう。一度の衝突がきっかけで、双方の仲が修復できない親子も兄弟もいるという話を聞いたことがある。

玄関が開く音がした。

「ただいま」

男の子の声がした。尚子の一人息子が帰ってきたのだ。

背のひょろっとした男の子が座敷をのぞいた。

「こんにちは」

茶屋が言うと、男の子も挨拶《あいさつ》を返した。鼻のあたりと口元が母親似だった。

3

読友新聞の通信部に寄り、尚子から聞いたことを馬渕に話した。

「尚子はよくそこまで話しましたね。彼女はマスコミに対して警戒心を持っているのか、私にはほとんど話してくれませんし、誠子のことに関しても、『知らない』とか、『分からない』というだけでした。誠子のアルバムまで見せたのは、茶屋さんの印象がよかったからでしょう」

「いや、私が誠子の写真を持っていたからです。それに肖像画のことも知っていたので、話す気になったのだと思います」

「私は尚子の経歴を知っています。誠子の身辺をさぐる過程で聞き込んだのです。彼女が父親からうとまれていた理由も知りました」

――尚子は高校卒業まぎわに一年先輩の男を好きになった。彼は串本出身だが白浜に住んでいた。彼女は卒業するとすぐに家を飛び出し、彼のもとへと走った。両親の了解をえずに同棲しはじめたのだった。両親は白浜へ行って彼女を連れもどそうとしたが、彼女はその説得にしたがわなかった。

白浜で暮らしはじめた尚子は料理屋に勤めた。だが二、三年で辞め、同じ白浜町内のスナックで働くようになった。可愛い顔をしている彼女を目当てにかよってくる客が多くなった。夜遅くまでねばる客もいた。当然彼女の帰宅も遅くなる。同棲していた男はヤキモチを焼くようになり、しばしば喧嘩《けんか》をした。彼女はその男ときちんとした話をつけないまま一緒に住んでいたアパートを飛び出した。彼女を好きになってスナックへかよってきていた男に、事情を話した。相談を受けた男には妻子があった。だが彼は尚子のためにアパートの一室を借りた。こうなると彼女と男の関係は発展した。

数か月後、男の妻に尚子の存在が知れた。気狂いしたようになった妻は、子供の手を引いて尚子のもとへ現われた。「夫と別れるまではここを動かない」とか、「夫に見切りをつけるから、あんたがこの子を育てなさい」などと言った。

尚子はゴネる妻の話をいつまでも聞いているような女ではなかった。自分の身の回りの物を鞄《かばん》に詰めると、アパートを出ていった。働いていたスナックのママに事情を話した。「あんたがお客と仲よくなったことが知れたので、ほかのお客がこなくなった」と、ママは冷たかった。もう尚子を使う気はないと言われたのだった。

尚子はゆき場を失った。その日から寝るところがなかった。彼女は白浜のホテルや旅館をまわり、きょうから働かせてもらいたいと頼んだ。

ある旅館が彼女を受け入れた。住むところも与えた。その旅館の調理場に正木《まさき》という男がいた。正木は白浜の料理屋の跡取りだった。調理の見習いに旅館で働いていたのだ。

正木は尚子に惚《ほ》れた。やがて家業の料理屋を継《つ》ぐことも話した。正木は実家を出、尚子と一緒に暮らすアパートを見つけた。

尚子は二十四歳のとき、正木と正式な夫婦になった。彼は旅館を辞め、尚子とともに家業に従事することになった。翌年、子供が生まれた。

子供が幼稚園児になったころである。正木の両親が、どこからか尚子の白浜での経歴を耳に入れてきた。正木は彼女の素姓をある程度知っていたが、両親には告げずにいたのだった。

それからというもの義父母は尚子を白い目で見るようになり、彼女を店に出さなくなった。彼女の過去を知っている客の好奇な目にさらされているかと思うとやり切れない、というのが理由だった。

その直後から夫である正木は、外で飲んで深夜帰ってくるようになった。それをとがめる尚子と言い争うこともあった。

正木に愛人がいるという噂が尚子の耳に入ったころだった。姉の誠子が行方不明になり、やがて殺されたという知らせが飛び込んできた。正木も義父母も、世間体《てい》が悪いと言った。尚子は人の目を逃《のが》れ、息を殺すようにして暮らしていたが、誠子が事件に遭った一年後、離婚した。一人息子を引き取って串本へもどった。海産物を扱う商店に勤務していたが、二年前に小料理屋を開いた――

「尚子が美人だからでしょうか。彼女の店は繁昌《はんじょう》しています」

馬渕は茶屋に、「みさき」で食事してみるといいと言った。「尚子の好みなんでしょうか、二十歳ぐらいの可愛い顔をした女の子を一人使っています」

「尚子が料理を作っているんですね？」

「地元の酒だけでなく、新潟の酒も置いて、なかなか気の利《き》いたつまみを出します。白浜の旅館や料理屋にいたときの経験を活かしているんでしょうね」

普段着の尚子とは一味ちがうというのだった。

茶屋は、車体にブルーのラインの入った特急列車で紀伊田辺へ向かった。串本から一時間ぐらいだった。田辺市は串本とちがって地方都市の風情《ふぜい》があった。

尚子に聞いたリサイクル業者の店はすぐに分かった。入口に古い物と思われる青と灰色の甕《かめ》が置いてあった。これも古そうな木の看板には「古物」と彫《ほ》ってある。

六十半ばに見える主人は顎に髭《ひげ》をたくわえていた。

茶屋は名乗って、五年半ほど前のことを思い出してもらいたいと言った。

「どういうことでしょうか？」

細い目をした主人は、折りたたみ椅子を開いた。

「五年半ほど前に、串本町須江の緒形という家の古い家具をお買いになったはずですが」

「ああ、大島の家ですね。覚えています。独り暮らしの女性が潮岬で事件に遭い、その妹さんが家を処分された。そうでしたね」

「そのとおりです。そのとき、家具のほかに女性の肖像画があったはずですが？」

「ありました。不幸な目に遭った姉さんだということでした。私は、手放さないほうがいいのではないかと言ったんですが、妹さんは、『姉に見つめられているような気がするので、持っていってもらいたい』というものですから、引き取ることにしたのを覚えています。あれは上手《うま》い絵でした。絵の女性が殺されたことを知らなければ、地元でも引き取り手があったでしょうね」

「その肖像画はどうなさいましたか？」

「絵画だけを扱う業者がいますので、この店にあった五、六点の絵と一緒に、もっていってもらいました」

「その業者は田辺ですか？」

「ここから五、六〇〇メートルのところにあります。隣の白浜町には別荘や企業の保養所などがあります。そういうものを建てた人や、ホテルなんかにも絵画は売れますからね。でも肖像画はべつです。よほど名の知られた人を描いたか、有名画家の描いた物ならさばけますが、無名の人の絵では、いくら上手く描けていても買う人はいません。私は緒形さんからタダで引き取りましたので、肖像画だけは業者にタダで渡しました。その業者も、値打ちはないと言っていましたよ」

主人は顎鬚を撫《な》でていたが、「思い出したことがあります」

と言って、天井に顔を向けた。

尚子から買い取ったタンスや茶ダンスはたしか四棹《さお》あった。

「修理して売り物にしようと、ケヤキの鏡板を使ったタンスを引き出したところ写真が三枚、底板に貼りつくように入っていました。引き出しから洩《も》れるわけはありません。たぶん身内の人にも見られないように隠しておいたものではないでしょうか」

「どんな写真でしたか？」

「男の人でした。たしか同じ人だったと思います」

「その写真はどうしましたか？」

「緒形さんに電話しました。送り返しましょうかと言いましたが、彼女は処分してくださいと言いましたので、捨てました」

「写真の男性はいくつぐらいだったか、どんな服装をしていたか、覚えていらっしゃいますか?」

「スーツ姿の中年の人だったような気がしますが、よく覚えていません」

茶屋は、袋田と一緒に行った大阪・天王寺公園にある露店を思い出した。そこでは見ず知らずの他人の家族写真を売っていた。それらの写真は、もしかしたら各地の古物商から流れたものではなかったか。


画商を訪ねた。さして広くない部屋の三方の壁には、風景画や踊っている女性の絵がいくつもかけてあり、額が立てかけてあった。ギャラリーというよりも古物商といった雰囲気である。

茶屋は、緒形誠子の肖像画を撮った写真を見せた。

「見覚えがあります」

五十半ばの画商は写真を手に取って答えた。

五年あまり前に、田辺市内の古物商が何枚かの絵と一緒に引き渡したものだと言うと、画商は頭に手を当てた。

「この肖像画の女性は、六年前に潮岬で殺されました」

「ああ、思い出しました。その事件の犯人はまだ捕まっていませんね？」

「未解決です」

誠子の肖像画はどうなったかを茶屋は訊いた。

「殺された人ですから、飾っておくわけにはいきませんので、ほかの絵と一緒にここへ立てかけておきました。二年ぐらい前のことですが、この肖像画が失《な》くなっていることに気がつきました」

「失くなった……」

「私が出かけているあいだに誰かが入ってきて、持っていったにちがいありません」

「盗難に遭ったということですね？」

「ほかに値打ちのある絵が何点もあるのに、肖像画だけを持っていった者がいるんです。額に入れてなかったので、持ち運びは簡単ですが」

「殺された女性の肖像画だけを盗んでいった……。盗んだ人は、殺された女性だと知っていたでしょうか？」

「どうでしょうか。絵がきれいな女性だったので持っていったのかもしれません」

「その絵には、〝E.SHINSUKE〟という署名がありましたが、描いた人にお心当たりはありませんか？」

「分かりません。絵は上手いが、有名な画家ではないですね。……茶屋さんは、どこでこの写真を手に入れられましたか？」

「肖像画は、大阪・天王寺にいたホームレスの男が持っていました。露店で売られていたのです。それを見た私の友人が買いました」

茶屋は、なぜ袋田が絵を買ったのかを話した。

「ホームレスの手に渡っていたんですか」

「この絵を売っていた人と持っていた人は別人でした。この絵を持っていたホームレスは病気で亡くなりましたが、それまで大切にしていたということです」

「絵のモデルが、殺された女性だとは知らずに持っていたような気もしますね」

「私もそう思います。どこの誰なのか知らないが、きれいな女性なので、毎日眺めていたのではないでしょうか」

「緒形誠子さん自身が画家に描かせたか、親しい人が画家に写真を見せて描かせた。描かせた人は彼女に絵をプレゼントした。彼女もその肖像画を大切にしていたでしょう。ところが彼女は殺された。肖像画は、彼女や家族が使っていた家具と一緒に、妹によって古物商の手に渡った。絵は古物商から私に移った。私の不注意で絵は盗まれ、ホームレスが持つことになった。その人が亡くなると、べつのホームレスが露店で売った。絵を買った人は、彼女と縁のあった人の息子だった。……不思議な運命をたどった絵だったが、元にもどったということじゃないでしょうか」

画商は、肖像画を画家に依頼したのは袋田和三郎ではなかったかと言っているのだった。

和三郎が、肖像画のもとである写真をアルバムにおさめていたことから推して、画商の想像は当たっているように思われる。

4

午後六時をすぎていた。サヨコとハルマキは帰ったろうと思ったが、事務所に電話した。

ハルマキが応じた。

「まだいたのか」

「きょうから、早番と遅番を決めて、交代で一時間居残りすることにしました。遅番は朝一時間遅く出勤していいんです」

「誰が決めたんだ？」

「サヨコです。先生が取材旅行に出ているあいだだけですよ」

「もういいから帰りなさい」

「先生は、いまどこですか？」

「田辺市というところだ。調べることがたくさんあって、連絡するのが遅くなった。私になにか用事はあるか？」

「いつ帰ってくるんですか？」

「いまのところ分からない。これから串本にもどって、寄るところがあるしな」

「わたし、頭が痛いんです」

「珍しいな。風邪《かぜ》でもひいたんじゃないのか?」

「さっきは、咳《せき》も出ました」

「早く帰って、寝たほうがいい」

「帰れるかしら」

なにを言っているのか、この子は。

「そんなに頭が痛むのか?」

「ガンガン」

「熱があるんだろ?」

「からだがフラフラします」

「夜でもやっている医者をさがしなさい」

「先生は、わたしが心配じゃないんですか?」

「心配だから、医者をさがせと言っているんじゃないか。サヨコのケイタイに掛けて、もどってくるように言ったらどうだ」

「地下鉄に乗ってるから、掛からないと思います」

ハルマキの声には力がない。

「ひょっとしたら、お前、腹がへっているんじゃないのか?」

「お腹もすいてます」

「そのせいだ。なにか食えば治る」

串本方面へ行く列車の到着時刻が迫った。茶屋はハルマキに、「大事にしろ」とは言わず電話を切った。

串本にもどると、緒形尚子のやっている小料理屋「みさき」へ寄った。

「あら、茶屋先生。いらっしゃいませ」

白いシャツを着た尚子は明るい声で迎えた。馬渕記者が言っていたとおり、自宅での彼女とは別人の感があった。髪をまとめて結《ゆ》い上げている。細面の顎の線が美しかった。高校卒業直後から不安定な暮らしをしてきた人とは思えないくらい、その顔はおとなしげに見えた。

「昼間、茶屋先生にお会いしたことを、たったいまマコちゃんに話していたところなんですよ」

マコというのは二十歳ぐらいの従業員だった。色白の丸顔で目が大きく、愛くるしい器量の子である。

尚子が茶屋のことを話すと、マコも茶屋の書いたものを雑誌で読んだことがあると言ったという。

カウンターの隅に客が一人いた。五十ぐらいの陽焼けした顔の男で、すでに酔っているらしく、上体を揺らしていた。手酌《てじゃく》で注《つ》ぎながら、ブツブツと独り言を言っている。常連客のようだ。尚子かマコを相手に飲んでいたのに、二人が茶屋にばかり気遣うようになったので、面白くないのではないか。

茶屋は地酒を頼んだ。尚子は地元の「紀州美人」をすすめた。

マコがカウンターを出てきて、茶屋に酒を注いだ。

「先生は、串本にはお仕事でおいでになったんですか?」

マコの声はいくぶん鼻にかかっている。

「今度は、潮岬を雑誌に書くことになってね」

茶屋はそう言ってから、カウンターの中の尚子の顔を窺《うかが》った。「潮岬」と言ったのは不用意な言葉ではなかったかと思ったのだ。だが彼女は、彼の言葉を聞かなかったかのように表情を変えないで、料理を皿に盛っていた。

「わたし、週刊誌に載っていた、『納沙布岬』を読みました。あれ、面白かったです」

マコは茶屋の横をはなれない。

「ありがとう」

彼は彼女の酒を受けた。

カウンターの隅の男が、唸《うな》り声を出した。その男の盃《さかずき》に尚子が注いだ。彼女は酔客の扱いに馴《な》れているらしかった。

男は酒をあおるように飲むと、また吠《ほ》えるような声を出した。

尚子はカウンターを出てきて、男の肩に手を置き、酒を注いだ。

男はどうやらマコと話をしていたかったようである。男は茶屋のほうにチラチラと濁《にご》った目を向ける。「おれはこの店の常連で、お前よりも先に来ていたんだぞ。この新参《しんざん》者めが」五十男の目はそう言っていた。

二人連れの客が入ってきた。尚子とマコは、「いらっしゃいませ」と、明るい声をかけた。二人とも常連のようだ。

五十男は、いよいよマコに相手にされないと感じ取ってか、盃を割るような音をさせて立ち上がった。

「××さん。お帰りになるの」

尚子が言った。

五十男は、「もう来ない」と、尚子に唾《つば》を吐くようなことを言ったが、足をふらつかせて椅子につまずいた。八つ当たりして椅子を蹴《け》った。

「マコちゃん」

尚子は目顔の合図を送った。マコが五十男の背中に手をあて、「気をつけて帰ってね」と言う。

尚子は目を細めて客を見送った。彼女は酔客のこういう後ろ姿を、白浜の料理屋でさんざん見てきたにちがいなかった。

客を送って出ていったマコは四、五分してもどってきた。機嫌をそこねた男をなだめて帰したらしい。男は真っすぐ帰宅するだろうか。べつの店に寄って飲み直しそうな気もする。

茶屋は酒に強いほうだと思っている。だが、われを忘れるほど酔った覚えはない。

尚子もマコも、唸ったり吠えたりして帰った客のことはとうに忘れたような顔をして、カウンターを片づけたり、洗い物をした。テーブルに向かい合っている二人の男は、静かに話していた。尚子やマコに酌をされたり、話したくてかよっている客ではないようだ。

「先生は、いつまでこちらにいらっしゃるんですか？」

尚子がカウンター越しに訊いた。

彼は、あした帰るつもりだと答えた。何日間も串本にいると言ったら、姉の事件を調べるのではないかと彼女は詮索《せんさく》しそうだ。

二人連れは、食事を終えると帰った。客は茶屋だけになった。

洗い物をすませた尚子が、彼の横の椅子にすわった。

「じつはあれから、田辺へ行ってきました。あなたがご実家の家具を売ったリサイクル業者のところへ行ったんです」

低い声でそう言って彼女の横顔を見たが、表情は変わっていなかった。

「業者は、お姉さんの肖像画を覚えていました」

肖像画は、画商の手に移ったが、二年ほど前に盗まれたと話した。

「あの絵が……」

尚子は茶屋に顔を向けた。わずかに眉《まゆ》に曇りが現われた。

「盗んだ人は、美しい女性が描かれていたので持ち去ったのだと思います」

茶屋は彼女にひとつだけ訊きたいことがあった。

「リサイクル業者が、ケヤキのタンスの底から写真を見つけ、それをあなたに連絡したということですが、覚えていますか？」

「そういえば、そんなことがありました」

「写真は三枚あって、中年の男性が写っていたということでした。あなたは写真を処分してもらいたいと言われたそうですが、その写真がどなたなのか知っていましたか？」

「いいえ。見たことがありませんので」

「私は、お姉さんが隠しておいたのではないかと思いました」

「ケヤキのタンスは姉が使っていましたから、たぶんそうでしょう。写真ならアルバムに貼っておいてもいいのに、なぜ三枚だけ隠しておいたんでしょう」

尚子は首を傾げた。髪が幾条《いくすじ》か頰《ほお》に垂《た》れた。

「わたしは、姉にずいぶん心配をかけました。それなのに、姉の相談にのったことがなかったような気がします。結婚も離婚のときも、自分で決めました。たった二人きりの姉妹なのに、姉は頼りにならないわたしを見て、寂しい思いをしていたと思います。わたしがもう少ししっかりしていたら、姉は写真の男性のことも話したでしょうね」

茶屋はマコに盃をもらい、尚子に注いだ。彼女は、うす紅をひいた唇に盃を傾けた。白い指は細く、子供を育てているようには見えなかった。気性の激しそうな一面を持った彼女が、これからどんな人と出会うかを、彼は横顔を見ながら想像した。

タクシーを呼んでもらった。尚子が、どこに泊まるのかを訊いた。南紀串本ホテルだと答えると、

「窓から橋杭岩がきれいに見えるでしょうね」

と言った。

尚子は、橋杭岩を背景にして写っている誠子の写真を持っている。アルバムを見て、誰が姉を撮ったのかを考えたことがあったにちがいない。

茶屋は新聞記者から、はからずも尚子の経歴を聞いた。彼が知りたかったのは殺された誠子の経歴である。殺されるにはそれなりの過去があったように思われる。

5

ホテルに着くと、袋田に電話した。写真と肖像画の女性は緒形誠子といって、六年前の十月、潮岬で殺されたことが分かったと話した。

「やっぱり、殺された女性だったのか」

袋田は声を落とした。

「その事件は未解決だ。新聞社に当たったが、犯人像さえも分かっていない」

「緒形誠子とはどういう女性だったんだ？」

彼女は串本町の隣の古座町の生まれで、地元の高校を卒えると東京・墨田区にある化粧品製造会社に就職した。そこに八年間勤務して退職したのだが、その後の東京での職歴も生活も不明だと話した。

「高校を出て、八年間経ったとすると、二十六歳ぐらいだな」

「母親が交通事故で死亡したために帰郷したんだが、それまでの五年間は東京にいたらしい。マスコミは東京での彼女の経歴を調べたが、分からなかった」

「写真と肖像画を見ると、三十前半のようだ。彼女が東京にいるときに撮ったのか、郷里で暮らすようになってから撮ったのか……」

「おれには、彼女が郷里に帰ってからの写真のように思えるんだ。誰かと串本の大島や、潮岬や、白浜へ行った。一緒に行った人が彼女を撮ったような気がする。同じ写真が彼女の遺《のこ》したアルバムにおさまっている」

茶屋は、肖像画が田辺市の画商のところから盗まれたことも話した。

「盗まれた……。描かれた本人も不運だが、絵も幸せだったとはいえないな」

「盗まれたために、君の手に落ちることになったんだ」

「皮肉な運命の絵だね」

「袋田。六年前の十月ごろのことを思い出してもらいたい。そのころ、君のおやじさんは元気だったか?」

「母を亡くしたときは気落ちしていたが、その前は元気だった。健康にも問題はなかった。持病もなかったしな」

「おやじさんと緒形誠子が知り合っていたのはまちがいない。六年前、彼女が殺されたことを、おやじさんは知ったはずだ。彼女が事件に遭ったことを知ったおやじさんは、どうしたかだ」

「六年前の十月か……」

袋田は思い出そうとしているようだった。

すぐには思い出せないだろうから、また電話で訊く、と茶屋は言った。

袋田和三郎は衣料品メーカーを経営していた。十二、三年前までは従業員が五十人以上いたが、社長の彼が死亡するころは事業を縮小して、三十人ぐらいになっていたと聞いたことがある。その会社は江東区にあり、自宅もすぐ近くだった。彼は将来、長男の袋田に会社を継がせたかったようだが、袋田は不安定要素のある父親の事業を嫌って、建築家のみちを選んだ。和三郎が死亡すると、その会社は親戚《しんせき》の手に渡ったということである。

和三郎は趣味の広い人だった。相撲《すもう》やプロ野球を観戦したし、歌舞伎《かぶき》を鑑賞した。読書もよくして、彼の没後、息子の袋田は父の蔵書の大半を区立図書館に寄贈したという。

五十代までは山歩きもしていた。旧《ふる》い登山具を収集する趣味もあって、自宅の書斎には手入れの行き届いたヒッコリーシャフトのピッケルやカンジキやアイゼンなどが、壁に掛かっていたのを茶屋は見たことがある。

酒も飲んだ。酒豪ではなかったが、各地の地酒を買ってきては行きつけの小料理屋に置き、週に二、三回はそこで飲んでいた。


天気予報は当たって、朝方まで雨が降っていた。ホテルの部屋で目を覚ました茶屋は、窓から橋杭岩を眺めた。うす靄《もや》の海に連なった岩の上部だけが浮いていた。大島もかすんでいて、晴れているときよりも遠く見えた。内海を船が走っている。その音がうすい霧をとおして伝わってくるようだった。

朝食をすませて部屋にもどったところへ、サヨコから電話が入った。

「ああ、先生がいてよかった」

彼女は朝の挨拶を忘れて言った。

「急な用事か？」

「たったいま、串本の警察から電話がありました」

「警察から……。なんだろう？」

「先生の居場所を訊かれました」

「教えたのか？」

「はい。べつに悪いことをしに行っているわけじゃないでしょうから」

「当たり前だ。警察の用件はなんだった？」

「どこに泊まっているかを訊かれただけです。先生には心当たりがあるんじゃないですか？」

「ないな。きのうは、いろんな人に会ったが……」

「逃げ隠れしないで、警察の用事に応じてください」

「逃亡者みたいなことを言うな」

サヨコは、くすっと笑った。彼が警察とかかわりを持つのをよろこんでいるようだ。

茶屋に取材旅行をさせている『女性サンデー』の編集部は、彼が有名な川や岬を見て歩き、その風景を書くことだけを望んではいない。取材に訪れた土地で、予想もしない災難に巻き込まれ、その渦《うず》の中でもがきあがくのを期待しているのだ。その期待は、代々の編集長に受け継がれている。茶屋が風光明媚《ふうこうめいび》な土地を歩き、うまい物を食べただけでは経費の無駄遣《づか》いだと思っている。読者がハラハラドキドキする連載を渇望しているのだ。

編集部のその思惑《おもわく》がサヨコに感染した。だから茶屋の行き先に暗雲が立ちこめ、風が騒ぎそうだとみると彼女の気持ちは高揚《こうよう》し、肚《はら》の中では、「もっと困れ。苦しめ」と言っている。そのへんが、腹がすくと頭痛がしたり、足がふらつくなどというハルマキとは大ちがいである。

フロントから電話が来た。悪い予感がした。

「茶屋さまに、ご面会の方がお見えになっていらっしゃいます」

「どなたですか?」

昨夜会った、尚子かマコならいいがという期待が少しはあった。

「朝早くからすみません」

野太い声の男に代わった。

男は串本警察署員だと言った。

「どういうご用件ですか?」

茶屋は訊いた。

「お会いしたいんです」

声の感じから大柄な男を想像した。

茶屋はロビーへ下りていくと答えた。

串本署員は二人いた。四十半ばの男が胸に黒い手帳を示した。一人は三十半ばで、二人とも紺色のスーツ姿だった。四十代の男はずんぐりしたからだつきだ。電話に出たのはこの男らしい。

ロビーの窓ぎわのソファへ茶屋は二人を誘った。

「私たちは、六年前に殺された緒形誠子さんの事件を調べています」

四十代の田西《たにし》という刑事が言った。

「ご苦労さまです」

「茶屋さんは、その事件を調べにきたそうですね？」

刑事は誰から聞いたのか。まさか読友新聞の馬渕記者が喋《しやべ》ったのではあるまい。緒形尚子やマコでもないような気がする。きのう茶屋は大島の須江へ行って、誠子に関して聞き込みをした。彼が訪ねた家の人が警察に通報したような気がする。

「私は、事件を調べにきたのではありません。緒形誠子さんの写真を友人からあずかっています。その写真を誰が撮ったのか。それから彼女の写真をもとにして肖像画を描いたのが誰だったかを知りたくて来ました。彼女が殺されたことは、こちらに来てから知ったんです」

「どうしてそういうことを調べる必要があるんですか？」

田西はギラギラした目を向けている。白目が黄色みがかっている。若いほうの刑事はノートにペンをかまえ、茶屋の顔をにらんでいる。

茶屋は、親友の袋田から頼まれた経緯を説明した。

「あなたは、そういう調査をする私立探偵ですか？」

この刑事たちは茶屋のことをなにも知らない。それはサヨコがいけないのだ。警察から茶屋の居場所を訊かれたとき、どんな用件かを訊くか、彼の職業がなにかを話すべきなのだ。彼女は警察と聞いただけで、茶屋と警察が接触すると感じ取り、小躍りしてホテルを教えたのだろう。

「私は旅行作家です。名所や景勝地をまわって、そこの風物を週刊誌などに書いています」

すか?」

「作家のあなたに、お友だちはなぜ緒形誠子さんを写真に撮った人をさがすようにと頼んだんで
「私はたまたま訪ねた取材先で、いろいろな事件に遭遇しました。遭遇した事件をからめて書いたこともありました。友人はそれを知っているので、父親のアルバムにあった女性と父親がどういう知り合いだったのかを、私に調べて欲しいということでした」

茶屋は面倒だったが説明した。

田西は首を傾げて頭を掻《か》いた。茶屋の話が納得できないようだった。

「それで、緒形誠子さんを撮った人が分かりましたか?」

「分かりません」

「肖像画を描いた人は?」

「それも分かりません」

「わざわざ東京から来たのに、なにも分からなかったんですね?」

「写真の人が緒形誠子さんということと、彼女が殺されていたことを知っただけです」

「串本には、いつまで滞在される予定ですか?」

「きょうは帰ろうかと思っています」

若いほうの刑事は、茶屋の言うことをいちいちメモしているらしい。

串本署では捜査本部を設《もう》けて緒形誠子の事件を捜査したが、犯人像さえも絞《しぼ》り込めていないよ

うだ。事件発生から六年も経過した。捜査は完全に暗礁《あんしょう》に乗り上げた格好だ。刑事たちは砂浜で一粒の色ちがいの砂粒を拾うような気持ちで調べたが、犯人に近づくことはできなかった。この捜査を半ば諦めているところへ、茶屋次郎という男が事件をほじくり返しているという情報を得、もしや事件関係者ではないか、と思い込んでやってきたにちがいない。

二人の刑事は、拍子抜けしたような顔をしてソファを立った。茶屋の話を全面的には信用していないようである。

四章　島の暦《こよみ》

1

馬渕記者からホテルに電話があった。緒形誠子の身辺を取材した記録を見ていて思い出したことがある、と言った。

茶屋が通信部を訪ねようかと言うと、馬渕はホテルで会いたいと言った。通信部にいると電話が掛かってきたりして、落ち着いて話ができないという。

十五分もすると馬渕は車でやってきた。ベージュ色のうす地のジャケットを着ていた。彼は茶封筒を抱えたままハンカチで額の汗を拭《ふ》いた。雨は上がったが、きょうはむし暑い。

茶屋は記者をラウンジに誘った。

広いガラス窓の外は芝生だった。円形のプールがあり、緑の濃い木立《こだ》ちも映っていた。

馬渕は封筒からノートを出した。黒い字がびっしりと書かれているのが見えた。

「これは前任者が残したものです。引き継ぎのとき、前任者からこのノートについての説明も受けました」

彼は何ページかめくって膝に置いた。「串本に坂戸《さかど》昌秀《まさひで》という男がいます。現在四十二歳です。坂戸は、緒形誠子が殺されるまで彼女と交際していました」

「やはり彼女には好きな男性がいたんですね」

「いや、二人は交際していたといっても、深い関係ではなかったようです」

「恋人同士ではなかったということですか」

「坂戸のほうは誠子に惚れていました。二人はたびたび会って食事なんかをしていたことが、彼の周辺の人たちの証言で確認されています。捜査本部も彼をマークして、刑事は何回も彼に会っていました。坂戸は刑事に訊かれて、誠子にプロポーズしたことがあったと答えています」

だが彼女は彼の気持ちを受け容《い》れなかったようだという。

「坂戸は、なにをしている男ですか？」

「実家は漁業です。彼の兄がそれを継いでいますが、彼は大阪の大学を出て、大阪の建設会社に就職しました。その会社に十年間ぐらい勤務しましたが、倒産したために串本に帰ってきました。その間に結婚して、子供が二人います。串本の建設会社に再就職して二年ぐらいしてから離婚しました」

妻は子供を引き取って、郷里である大阪へ帰ったという。

坂戸は串本町内のアパートで独り暮らしをしていた。勤務先の女性社員と恋愛したことがあったが、その仲は長くつづかずに別れ、その女性は会社を去った。

誠子と知り合ったのは、彼女が殺される二年ほど前だった。坂戸は実家で水揚《あ》げされた魚などを持って、彼女の家を訪ねることがたびたびあった。

彼女は父を失い、内浦マリンホテルに勤めるようになった。彼はたまに勤めを終える彼女をホテルの近くで待っていることもあった。

六年前、誠子は潮岬の林の中で殺害された。彼女の交友関係を洗っていた警察は、坂戸に注目した。だが、彼女が行方不明になった日、彼は建設現場にいた。作業が夜遅くまでつづいたことが現場にいた人たちの証言で分かった。したがって彼は事件とは無関係ということになった。

「妙なことがありました。誠子が殺された二か月後、坂戸は会社を辞めました」

「ほう。転職したんですか？」

「東京へ行ったんです。うちではこれを知って、彼が東京でどこに住んで、なにをしているのかをさぐりました」

「分かりましたか？」

「墨田区の古いアパートに住んで、工事現場でアルバイトの作業員として働いていたことが分かりました」

「独り暮らしでしたか？」

「独りでした。彼は東京に約半年いて串本に帰ってきました。なぜ半年間東京にいたのかは分かっていません。警察でも、彼が誠子の事件には無関係ということから、東京へ行った理由を訊くわけにはいかなかったようです」

「東京から帰ってきた坂戸は？」

「前に勤めていた建設会社に復帰しました。その会社では、坂戸の真面目なことや、技能を買っていたので、ふたたび採用したということでした」

「坂戸は、現在もその建設会社に勤めているんですね？」

「そのはずです。私は彼のことを調べていませんが」

「現住所は分かっていますか？」

馬渕はノートをめくった。そこには五年前の六月に入居したアパートの所在地が書いてあった。

茶屋はそれを自分のノートに写し取った。

「誠子が殺された二か月後、坂戸が勤務先を辞めて東京へ行ったのが気になりますね」

「誠子の事件で警察からマークされたので、会社にも住まいにもいづらくなったんじゃないでしょうか」

「それなら半年経って帰ってこず、ずっと東京にいたと思いますが」

「前任者もそこが気になって調べていますが、実家が東京へ行った彼を呼びもどしたことが分かったとなっています」

茶屋は、坂戸昌秀の近況を確認しておきたいと言った。

馬渕は案内すると言った。

新聞社が摑《つか》んでいた坂戸の住所は、車で十分ぐらいのところだった。高台に建つアパートで、大島もくしもと大橋も橋杭岩の一部も見えた。

二階建てのアパートの壁は白く塗ってあった。そこにうす陽が当たっていた。黒と白の猫が、茶屋たちが近づくと逃げていった。

アパートの家主は隣接地に住んでいた。

「坂戸さんは、去年ここを出ていきましたよ」

五十歳ぐらいの主婦が答えた。

転居先を訊いたが知らないという。主婦の話だと坂戸は串本町内の建設会社に勤めていたが、そこを辞めて遠方へ行ったらしいという。

アパートを退去したのはいつかと、馬渕が訊いた。

「去年の十一月でした。一か月ぐらい前に、引っ越すと言いましてね」

「独り暮らしでしたか?」

「そうです。たまにお母さんが見えて、部屋の掃除をしたり、布団を干していました」

そのほかには訪ねてくる人もいないようだったという。

馬渕の運転する車は緩《ゆる》い坂を下った。大島が見えなくなった。

「茶屋さんが持ってこられた誠子の写真は、坂戸が撮ったものだったことが考えられますね」

　ハンドルを握った馬渕が言った。

「この町に住んでいる人が、地元の灯台や名勝の橋杭岩を背景にして撮るでしょうか。たとえば坂戸が彼女の自宅へ行った折に撮ったということはあるでしょうが」

　茶屋は首を傾げた。

「もしも坂戸が撮ったとしたら、誠子と二人で白浜へ行ったことになりますね」

　茶屋は曖昧《あいまい》なうなずきかたをした。誠子を撮ったのは、遠くからこの地を訪れた人のような気がする。その人を彼女が潮岬や橋杭岩や樫野埼へ案内した。案内された旅行者の希望で彼女はカメラにおさまったのではなかったか。

　坂戸が勤めていた建設会社は、この地域では最も規模が大きいという。三階建てのビルの隣には建設機械や資材などが置かれていた。

　馬渕は、資材置き場にいたユニホーム姿の男に声を掛けた。坂戸昌秀について訊いたのだった。

「坂戸は退職しましたよ」

　背の高い男は答えた。

「それはいつですか？」

「たしか、去年の十一月だったと思います」

坂戸はこの会社を二度辞めたことになる。

馬渕は車にもどると、前任者が書いたメモを開いた。それには誠子が殺された直後、坂戸が警察からマークされたのを知った記者が、坂戸の交友関係に当たったことが記されている。

「坂戸の友だちに会いましょう。彼は去年の十一月、会社を辞めたし、転居しています。どこへ行ったのか、友だちの一人か二人が知っているんじゃないでしょうか」

馬渕はハンドルに手をかけた。

「馬渕さんは、坂戸の友だちに当たってください。私は尚子に会ってみます。彼女は坂戸と誠子の間柄を知っていたのかもしれませんし、彼のことに通じているかもしれません」

茶屋は言った。

馬渕は、茶屋を尚子の自宅の近くで降ろした。

尚子はグレーのTシャツにジーパン姿で玄関に出てきた。

「ゆうべはありがとうございました」

茶屋を見ると彼女は板の間に膝を突いた。昨夜、店ではうすく化粧していたが、素顔のほうが肌に艶《つや》があっていくつか若く見える。

「たびたびお邪魔して、すみません」

茶屋は腰を折った。

尚子は首を小さく振った。迷惑そうな表情ではなかった。

「けさはホテルに刑事の訪問を受けました。私が誠子さんの写真を持って、大島の人に会ったことが串本署に知れたようです」

「どなたかが通報したんでしょうか?」

「そのようです。警察では、事件後六年も経っているのに、誠子さんのことを訊きにきたのはどんな人間なのかと思ったようです」

「警察ではもう調べることがなくなっているようですから」

尚子は、「お茶を飲んでいってください」と言って、膝を立てた。

彼は彼女のすすめに応じた。きのうと同じ部屋にとおされた。

「あなたは、坂戸昌秀さんをご存じですか?」

「会ったことはありませんが、姉から坂戸さんのことを聞いていましたし、事件のあと刑事さんに、どんな男の人かと訊かれました」

「誠子さんは、坂戸さんとお付き合いしていましたか?」

「お付き合いというか、ときどき会っているということでした」

「恋人同士ではなかったんですね?」

「坂戸さんは姉のことが好きだったようです。彼に一緒になりたいと言われたことがあったと言っていました。姉は考えたこともなかったので、プロポーズされてとまどったそうです。彼のほうは積極的で、須江の家に魚なんか持って訪れたこともあったんです。姉は彼と会って食事をしたりお茶は飲んでも、それ以上の関係にはなれなかったんです。ですから、『わたしのことをそんなふうに考えないでください』と、プロポーズを断わったと言っていました」

「しかし坂戸さんは諦めなかったのではありませんか？」

「そのようでした。事件直後、刑事さんに訊かれて、姉から坂戸さんについて聞いていたことを話しました」

「誠子さんは、坂戸さんを好きになれなかったということでしょうか？」

「そう言っていました。何度『好きだ』と言われても、惹《ひ》かれないと言っていました」

「誠子さんには、ほかに好きな男性がいたのではありませんか？」

「そういう話を聞いたことはありません。そのころわたしは忙しかったし、姉にはめったに会わなかったものですから、二人がじっくり話をする機会がありませんでした」

当時尚子は、白浜にいた。料理屋の跡取りの妻だったが、彼女の過去が義父母に知れたことや、夫に愛人がいるという噂が伝わったりして、夫婦のあいだもしっくりしていない時期だった。

「あなたは誠子さんの親友といえる方をご存じですか？」

「親友と言えるかどうか分かりませんが、姉の高校時代の同級生を一人知っています。家庭を持っていますが、いまも町役場に勤めている菅原時江《すがわらときえ》さんという人です。姉の事件では彼女も警察の方からいろいろ訊かれたようです」

茶屋は、菅原時江の名をノートに書き取った。

例の肖像画を坂戸が描いたとは思わないかと訊いた。

「坂戸さんが……。彼が絵を描くという話を、姉から聞いた覚えはありません」

肖像画の右下には〝E.SHINSUKE〟というサインがあった。それは雅号《がごう》ということも考えられた。

2

串本町役場で菅原時江に会った。メガネを掛けた瘦《や》せた人だった。

茶屋は、尚子から聞いてきたと言い、いまごろになってなぜ緒形誠子のことを知りたいのかを説明した。

「誠子さんの肖像画……。初めて聞く話です」

彼女は彼の話に興味を持ったようだ。

「菅原さんは、誠子さんと親しくなさっていたそうですね？」

「高校の同級生では一番仲がよかったと思います。わたしの実家も古座町だったものですから」

「誠子さんは高校を出ると、すぐに東京の会社に就職しましたが、経歴をご存じですか？」

「化粧品メーカーに長く勤めていたのは知っています」

「その会社に勤めていたのは八年間でした。その後、なにをなさっていたかは？」

「こちらに帰ってくるまで、化粧品メーカーにいたのではないんですか。知りませんでした」

誠子は東京から毎年年賀状をくれたという。住所は変わっていたが、母が急死して大島に帰るまで勤務先は変わらなかったとばかり思っていたという。誠子がそう話していたのではないか。

「誠子さんは、三十一歳のとき、大島に帰ってきています。それまでに結婚の話などはなかったのでしょうか？」

「そういう話は聞いていませんでした」

「こちらに帰ってきてからは、どうでしたか？」

「わたしが、『結婚はどうなの』と訊いたことがありました。彼女は、一緒になってくれと言われている人がいるけど、その気になれないと言っていました」

「それは、事件に遭う一、二年前のことではありませんか？」

「そうです。わたしがそれを聞いたのは、彼女があんな目に遭う一年ぐらい前だったと思います」

「その男性は、地元の建設会社に勤めていた、坂戸という人ではありませんか？」

「そう言っていました。何度も一緒になってくれないかと言われているということでした」

「誠子さんは坂戸さんを、一緒になるほど好きになれなかったということでしょうか？」

「彼女はそう言っていましたが、べつに好きな人がいたのではないかとわたしはみていました」

「べつに好きな男性が……。そういう人がいるような素振りを見せたことがあるんですね？」

「ほかに好きな人がいるから、坂戸さんのプロポーズを受けられないんじゃないかって、わたしが訊きましたら、首を横に振っていましたが、歯切れが悪くなりました」

「そういう人がいたのなら、坂戸さんとときどき会ったりはしなかったと思いますが？」

「わたしの想像では、好きな人は地元でなくて遠く離れていたのではないでしょうか。そのためにしょっちゅう会うことができなかったということでは」

「好きな人がいることを、親しいあなたには話してもさしつかえなかったと思いますが、なぜはっきりと話さなかったのでしょう？」

「わたしにも話せない事情があったのではないでしょうか」

「どんな事情が考えられますか？」

「たとえば、相手の方に妻子がいるとか……」

「なるほど」

茶屋はノートをポケットにしまってから、誠子はなぜ殺されたと思うかと訊いた。

「分かりません。事件直後に、刑事さんから同じことを何度も訊かれましたけど、わたしには見当がつきませんでした。誠子さんは高校時代から真面目だったし、大島に帰ってからも生活が乱れているようなところはありませんでした。どちらかというと控えめで、おとなしい性格の人でした」

「犯人は男でしょうね？」

「刑事さんはそう言っていました」

　茶屋は、仕事中に邪魔したと頭を下げた。

　馬渕は通信部にもどっていた。彼は坂戸の友人二人に会ってきていた。

「坂戸は、会社を辞め、アパートを引き払って東京へ行ったということです」

「また、東京へ……。友だちには連絡があるんですか？」

「一度もないということです。友だちは坂戸の携帯電話の番号を知っていました。用事はないから掛けたことはないと言っています」

「友だちは東京の現住所を知っていましたか？」

「知らないそうです。去年の十一月、東京へ行くと言ったきりで、その後の消息はまったく分からないと言っています」

「四十一歳の男が勤務先を辞めて東京へ行った。それまでよりもいい就職先が見つかったか、それともどうしても東京でやりたいことがあったかでしょうね」

「彼は、誠子が殺された二か月後に上京して半年暮らしていますが、そのことと今回の上京は関係があるんじゃないでしょうか？」

「私もそんな気がします。彼が東京でなにをしているかを知りたいものです。……さっき気づいたことですが、坂戸は絵を描いたでしょうか？」

「さあ。そういうことは聞いていません。なぜですか？」

「もしかしたら、例の肖像画は彼の作品ではないかと思ったものですから」

坂戸が絵が上手《うま》かったかどうかを、彼の友人に訊いてみると馬渕は言って、電話を掛けた。

坂戸が絵を描くという話は聞いたことがない、と友人は答えた。馬渕はもう一人にも電話で問い合わせた。その友人の答えも同じだった。

「坂戸に関して、もう一人当たりたい人がいます。串本町内で、尚子と同じような小料理屋をやっている女性がいて、坂戸は『辻村《つじむら》』というその店へちょくちょく出入りしていたそうです。友だちが言うには、坂戸はそこの女将《おかみ》にいろんなことを相談していたようです」

「辻村」の女将は午後五時ごろには店に出てくるらしい。そのころを見はからって訪ねようと馬渕は言った。

茶屋の携帯が鳴った。サヨコからだった。

「いまどこですか？」

彼女の口癖《くちぐせ》だ。

串本だと答えると、牧村編集長が電話を欲しいと言っていると言った。

「どうぞこちらをお使いください」

馬渕が設置電話を指差した。携帯より話しやすいから借りることにした。

「先生。潮岬はいかがですか？」

「少し気温は高いが、景色はいいし、空気はきれいだ」

「じゃ、料理はうまいし、酒もすすむでしょうね」

牧村は、茶屋が観光に来ているようなことを言う。

「肖像画に描かれた女性は殺されていたということですが、その原因はなんでしたか？」

写真と肖像画の女性は串本の緒形誠子で、彼女は六年前、潮岬で殺されていたことまでは、サヨコから聞いたという。

「それが分からない。警察もこの事件の捜査にはお手上げのようだ。被害者の女性と親交のあった人たちに、目下《もつか》当たっているところだ」

「先生。今回も面白くなりそうですね。潮岬に決めてよかったじゃないですか。先生の好きな殺人事件に出会えたことですし」

「私は、そんなもの好きではない。偶然ぶつかっただけだ」

茶屋は、誠子の肖像画が田辺市の画商から盗まれたものだったことを話した。

「へえ。その絵は数奇な運命をたどったものですね。殺人事件の追跡と並行して、肖像画の運命も書いてください」

「分かった」

「ところで先生は、地元の刑事に追いかけられているそうですね？」

「誰がそんなことを？」

「事務所のおねえさんがそう言っていました。うちの先生は、地元警察に行動を監視されているって」

サヨコだ。彼女は茶屋が警察にマークされたり、事情聴取を受けたりするのを期待しているのだ。変わった性格の女である。

3

小料理屋の「辻村」は、尚子の店とは二〇〇メートルほど離れていた。まだのれんは出していなかったが、女将はカウンターの中で煮物をしていた。彼女は小肥《ぶと》りで四十半《なか》ばだった。目が小さくて唇がやや厚いが、憎めない顔つきをしている。

馬渕が名刺を出し、茶屋を紹介した。

彼女は煮物の火加減を見てから丸椅子をすすめた。

「坂戸昌秀さんは、こちらへよく来ていたそうですね？」

馬渕が訊いた。

「はい。いいお客さんでした。坂戸さんが、どうかしましたか？」

女将は小さな目をまるくした。

「東京へ行ったのをご存じですか？」

「そう言っていました。たしか去年の十一月でした」

「東京でいい就職口でも見つけたんでしょうか？」

「向こうで働いてはいるでしょうが、さがしたい人がいて、それで東京へ行くと言っていました」

「それは、どういう人ですか？」

「そこまでは聞いていません。……お二人は、坂戸さんをさがしているんですか？」

「坂戸さんの友だちに訊いても、いま東京のどこにいるのか、なにをしているのか知らないと言っています。女将さんには連絡がありますか？」

「一度もありません。わたしの住所を知っているのに、年賀状も来ませんでした」

「坂戸さんは、五、六年前にも東京へ行っていますが、それはご存じですか？」

「半年ばかり行っていましたね。そのときは東京の会社に就職すると言っていましたけど、なぜこっちにもどってきたのかは話しませんでした」

「緒形誠子さんが殺された事件で、坂戸さんは警察からマークされましたが、それは知っていますか？」

「ええ。うちにも刑事さんが見えて、坂戸さんのことを訊かれました。彼は緒形さんと親しくしていましたからね」

女将は、ビールでも飲むかと言った。茶屋はうなずいた。

馬渕は茶屋のほうへ顔を向けた。

「坂戸さんと緒形さんの間柄は、どの程度だったんですか？」

「坂戸さんは緒形さんにベタ惚れという感じでした。彼は彼女をここへ二回連れてきたことがありました。彼女を最初見たとき、きれいだし、おとなしそうだし、坂戸さんはいい人と出会えたと思いました。坂戸さんが一人で来たとき、『彼女とはうまくいっているの』とわたしが訊きましたら、『いまのところおれの片思いだ』と言っていました。『好きなら押しの一手でいかなくちゃ』とわたしが言うと、何回か一緒になりたいと言ったけど、彼女に断わられたと、しょげていました。そう言いながら、またここへ彼女を連れてきたので、彼の望みがかなったのかと思っていたら、そうじゃないということでした。……彼は彼女の言うことなら、なんでも聞くつもりだと言ったこともありました」

「女将さんは、緒形さんを見てどう思いましたか？」

「どうっていいますと？」

「坂戸さんにプロポーズされたが断わった。それでも彼が食事に誘ったりするので、付き合っていた。一緒に飲んだり食べたりしていたということは、彼を嫌いではなかったと思います。だが彼女は恋人同士になろうとはしなかった。なぜだと思いますか？」

「わたしは坂戸さんから、緒形さんの暮らし向きなんかも聞いていましたので、彼女がここへ来たとき、じっと観察していました。自分のことをよく話すけど、人の話を聞かない女性がいますが、彼女は口数の少ない人でした。陰気ではありませんが、どこか翳《かげ》りのある人で、わたしにはなにか秘密を持っているように感じられました。三十半ばでしたから、過去になにがあってもおかしくはないですが、それを一切口にしないという印象を受けました。そのへんがまた、男の人には魅力のひとつだったかもしれませんが……。坂戸さんの気持ちに応《こた》えられなかったのは、彼女の秘密が関係していたんじゃないでしょうか。坂戸さんは一緒になれない理由を緒形さんに訊いたと言っていました。でも彼女は、はっきりしたことを言わなかったようです。誘われたり、プロポーズされるのを、うっとうしく感じる女性がいますけど、彼女はそういうタイプではなかったんですね。坂戸さんのことを、異性というよりも、ただの友だちとして付き合っていたんじゃないでしょうか」

茶屋と馬渕は、女将の注ぐビールを受けた。野菜の煮える匂いがただよいはじめた。

「緒形さんがこちらへ来たのは、いつごろでしたか？」

馬渕は、唇を拭《ぬぐ》って訊いた。

「殺される一週間ぐらい前でした。新聞で、彼女が殺されたのを知ったときは、それはびっくりしました。そんな目に遭うような女性には見えませんでしたからね」

「さっきも言いましたが、坂戸さんが東京へ行ったのは二回目です。誰かをさがすということでしたが、彼にもなにか秘密があったんじゃないでしょうか？」

「そうでしょうか。わたしには分かりません」

坂戸は絵を描くか、と茶屋が訊いた。

「絵をですか？　聞いたことがありません。なぜですか？」

「坂戸さんは、好きだった緒形さんの肖像画を描いたのではないかと思ったものですから」

「肖像画……」

彼女はまるい頬に指を当てた。「坂戸さんから、肖像画の話を聞いた覚えがあります」

茶屋はグラスを置いて、上体を伸ばした。

女将は考え顔をしている。

「思い出しました。緒形さんは自分の肖像画を持っていると坂戸さんが言ったことがありました。そうそう、こんなことを言っていました。……肖像画は彼女が描いたものじゃないし、彼女が誰かに描かせたものでもない。誰かが描いて、彼女に贈ったものにちがいない。その誰かは、男のような気がすると言って、ヤキモチを焼いていました」

男が描いたか、描かせて、彼女に贈ったのではないかという推測は当たっていそうだ。

「辻村」を二人で出ると、尚子の店へ行かないかと茶屋が誘った。

「茶屋さんは独りで行ってください。私が行けば、彼女は取材に来たと思うにちがいありません。彼女は私を毛嫌いしているようです」

馬渕は尻込みするように言った。誠子が死んでから六年も経っているのだから、もう取材とは思わないだろうと言ったが、彼は首を横に振った。気の弱い記者である。

「あら、先生」

和服の尚子は言うと、カウンターをくぐって出てきた。うすく化粧した彼女は今夜も匂うようにきれいだった。

マコはカウンターの中で微笑した。彼女は愛くるしい顔をしているが、茶屋の好みは尚子だった。三十七歳の色香が表に出ている。尚子には子供がいるが、店にいるかぎり生活感はない。彼女の酌《しゃく》で飲みたくてこの店へやってくる客は多いのではないか。

「きょうはもう飲んでいらしたようですね?」

尚子は茶屋の横で言った。

彼は昨夜と同じ地酒を飲《や》ることにした。

尚子は両手で茶屋の盃を満たした。袂《たもと》の端が彼の肩に触れた。

「取材のほうは、いかがですか?」

「この辺はだいたいまわりました。なんとか書けそうですから、あしたは帰るつもりです」

彼は、「潮岬」という言葉を避けて話した。誠子の事件にも触れないつもりである。

客が二人入ってきた。二人は腰掛けるなり、

「マコちゃん、ビール」

と、高い声を出した。

尚子は客のほうへ笑顔を向けたが、茶屋の横に立って離れなかった。

茶屋は尚子に酒をすすめた。

彼女は、客の盃よりもひとまわり小振りの盃で酒を受けた。

酒はイケるほうかと彼が訊くと、

「お店ではあまり飲みませんが、飲めば底なしです」

と、小さな声で言った。

マコは、二人の客にビールを注ぎ、一緒に飲めと言われている。

「あしたお帰りですか」

尚子はつぶやいた。「もう串本へおいでになることはないのでしょうね」

低い声で独り言のように言った。

「来るかもしれません」

彼は、カウンターに突いた彼女の白い手を見て言った。

「先生と一緒に、ゆっくり飲みたいと思ったのに……」

彼女の指がわずかに動いた。

この店は何時まで開けているのか、と訊くと、金曜以外は十時をすぎると客は来なくなるから、十一時には閉めることにしているという。

「このごろはヒマですから、十時半に閉めて帰ることもあります」

十時半に出直してこようか、と彼は言ってみた。

「わたしと一緒に飲んでくださるんですか?」

彼は顎を引いた。

「ここでないほうが……」

灯りをつけておくと、遅くなって酔った客が来ることもあるというのだ。

「あしたは、白浜から飛行機ですか?」

「そのつもりです」

「朝の便ですか?」

「そうしようと思っていましたが、気が変わりました」

「じゃ、夕方?」

「そうします」

「お邪魔でなかったら……」

尚子は腰をかがめた。「お酒を持って、ホテルへ伺ってもいいですか?」

茶屋は彼女の顔を見てからうなずいた。

「十一時までには伺います」

まだ酔いもしないのに、茶屋の顔は熱くなった。鼓動が聞こえた。予期しなかったことが起こる。

尚子は、なにごともなかったように茶屋の横を離れると、二人連れに酒を注いで、カウンターの中に入った。もの腰がこの商売になじんでいた。

あらたに客が入ってきたのを機《しお》に、茶屋は椅子を立った。

4

午後十一時近くなると茶屋は落ち着かなくなった。尚子はほんとうにここへ来るのだろうか。彼女は地元の人である。ホテルの従業員に姿を見られたくないのではないか。彼女には子供がいる。その子はすでに眠っているのではないか。彼女は子供にどんな習慣をつけさせているのか。彼はそんなことが気にはなったが、彼女の前では子供のことなど訊かないつもりである。

十一時を五、六分すぎた。尚子は来られないのではないか、と思ったとたんにチャイムが低く鳴った。彼はドアに向かって走った。

尚子は洋服に着替えていた。黒いジャケットの襟《えり》を立て、スカーフで顔をおおっていた。いったん帰宅し、着替えて出てきたのだろう。布袋とバッグを提《さ》げている。彼との約束を守ったのだった。

彼がグラスを用意しようとすると、

「わたしがやりますから」

彼女はグラスを洗面所で洗った。提げてきた布袋には日本酒の四合びんが二本入っていた。彼女の店で彼が飲んだのと同じ酒だった。

彼と彼女はグラスを合わせた。

「乾杯」

と尚子は言って、にこりとした。

茶屋は緊張していて、かすかに手が震えたが、彼女は店にいるときよりも和《なご》やかな表情をしていた。

「あなたと、こうして飲めるなんて、夢のようです」

「わたしも。先生とお会いできたことだけでもうれしいのに」

彼女はグラスの半分を一気に飲んだ。酒は底なしだと言っていたが、酔うとどんなふうになるのだろうか。

茶屋には一度、今夜に似た経験がある。出版社の人の紹介で女性イラストレーターと知り合った。彼女は背のすらりとした美人だった。初めて食事したとき、毎晩日本酒を飲んでから寝ると彼女は言った。食事をするときはあまり飲めないが、酒だけなら一晩中でも飲んでいられると豪語した。それからも茶屋は彼女と何度か食事する機会があった。

去年の晩秋、新宿の料理屋で彼女と飲んだ。彼女は少しも酔っていなかったようだが、「先生。二人きりで飲みたいから、ホテルを取ってください」と言った。茶屋にはそれを断わる理由はなにもなかった。

彼は西新宿の高層ホテルの部屋を予約した。料理屋を出ると、酒屋に寄り、二人で日本酒の銘《めい》柄《がら》を選んだ。彼女が飲みたいと言ったのは、新潟県佐渡の地酒だった。一升《いっしょう》びんを提げてホテルに入った。

二人で飲みはじめたが、椅子に腰かけているよりも、あぐらをかいて飲んだほうが気分が出ると彼女が言った。このとき彼女のほうはかなり酔っていたらしいが、彼は気がつかなかった。話しかたもしっかりしていたからである。

二人で椅子を窓ぎわに寄せ、床にシーツを敷いて差し向かいになった。一升びんはたちまち半分ぐらい減った。「おいしいね、先生」彼女は笑った。しだいに彼女の口数が少なくなった。彼女は意味もなく笑っては、彼の注ぐ酒をグラスに受けていた。彼女がどんな酔いかたをするのか、彼には興味があった。急にシャワーを浴びると言いだしそうな気もした。

一升では足りなかったのではないかと思ったころである。彼女は立ち上がった。トイレかと思ったら、なにも脱がずにベッドに倒れた。大の字になり、二、三分後にはいびきをかきはじめた。彼の期待は粉ごなになった。

尚子の目のまわりがかすかに赤くなった。彼女は黒いバッグを開けた。小型のアルバムを二冊取り出した。

「姉は海外旅行をしていました」

「どこにですか？」

「分かりません。風景のきれいな国です。姉が海外旅行したことを、わたしは知りませんでした。誰にも話さなかったと思います。これは姉の秘密です。きのう先生にお見せしたアルバムとはべつのところにしまってありました。ですから事件のあと何回も刑事さんに姉のことを訊かれましたが、このアルバムのことだけは話しませんでした。今夜も迷ったのですが、先生にだけはお話ししようと思って、持ってきました」

尚子は彼の前へ、黄色の表紙のアルバムを置いた。

彼は軽く頭を下げてからそれを開いた。

最初の写真は空港らしかった。大柄な男女が並んでいる。大型ザックを背負った人もいる。雨が降っているのか、道路が光っていた。日本車がぎっしり並ぶ駐車場も写っていた。両側に樹木の茂った道路を撮っていた。都市の住宅街のようである。広い公園の中を川が流れている。レストランと思われる白い建物を緑の木が囲んでいた。遠くに写っている人たちは半袖シャツだ。尖《せん》塔《とう》が空を衝《つ》く聖堂の前に、ピンク色の半袖シャツの誠子が、微笑して立っていた。

直線道路の先が山脈に吸い込まれていた。山脈の稜線《りようせん》は白い。雪をかぶっているのだ。羊の牧場が現われた。白い石河原の中の流れはブルーだった。蛇行《だこう》している川の突き当たりは白い山である。

岩山がV字形に切れ込んでいて、その中央に白い滝が落ちていた。滝の近くに立った誠子は黄色のジャケットを着ていた。寒さをこらえているのか、顔は強張《こわば》っている。

オレンジ色の屋根の白い二階建てがある。建物は山を背負っていた。ホテルのようだ。ゴツゴツした氷の上に誠子は立っていた。彼女の肩のあたりに氷河が写っている。そこでも彼女の表情は寒そうだった。

広大な牧場に羊の群れがあった。馬が一頭、草を喰《は》んでいる。白い山と緑の林が湖に映っていた。茶屋はこの写真をどこかで見たことがあるような気がした。

羊の群れが道路を渡っている。羊飼いの男が、黒い犬を二匹したがえていた。

「これはニュージーランドではないでしょうか?」

「ニュージーランド……。遠い国ですね」

「南半球です。風景は夏ですから、日本の冬に行ったのでしょうね」

V字谷のあいだにピラミッド形の白い山があった。マウント・クックだ。この写真はホテルのバルコニーから撮ったものにちがいなかった。

茶屋は三年前にニュージーランドへ行った。十一月下旬から十二月初めにかけてである。クック村のホテルのバルコニーに立って、白い雲に隠れているマウント・クックを眺めていた。運が悪いと四、五日いてもクックを見ることができないという話を聞いていた。二日目の夕方、雲が切れ、白い山が浮かんだ。その瞬間をカメラでとらえた。いま手にしているアルバムと同じ写真を撮ったのだった。白い山は五、六分後にふたたび雲をかぶってしまった。

「誠子さんは、なぜニュージーランド旅行したことをあなたに話さなかったのでしょうか?」

茶屋は見覚えのある風景写真を見ながら訊いた。

「誰と行ったのかを話したくなかったから黙っていたのだと思います。姉が独りで行くわけがありませんから」

写真の誠子は、ミルキーブルーの湖のほとりに立っていたり、麓《ふもと》の牧場を背景にしていた。約八十枚の写真の中に彼女が写っているのが十五、六枚あった。一緒に行った人が撮ったにちがいなかった。一緒に行ったと思われる人の写真は一枚もない。きのう尚子に自宅で見せてもらったアルバムと同じである。誠子と一緒に佐渡や鳥取へ行った人と、ニュージーランドへ行った人は同じではないだろうか。

「誰と海外旅行をしたかを、あなたには話してもよかったと思いますが、誠子さんはなぜ黙っていたのでしょうか?」

「わたしにも話したくない人だったのでしょうね」

「あなたにも話したくない人……。どんな人が考えられますか?」

「男性にまちがいないでしょう。その男性がたとえば家庭を持っていたとしたら、姉は話さなかったでしょう。姉はそういう人でしたから」

茶屋はうなずいて、アルバムを閉じた。

「わたしがこのアルバムのことを刑事さんに話さなかったのは、姉が秘密にしていたことを調べられると思ったからです。誰かと海外旅行したことが知れたら、一緒に行った人は誰なのかを調べるに決まっています。分かった場合、その人に迷惑がかかりそうな気がしました。それでわたしは、自分のほうから姉に関することをほとんど話しませんでした。マスコミの人たちに対しても同じ姿勢をとりました」

尚子はアルバムをバッグにしまった。

「一緒に旅行した人が、事件に関係しているのではないかとは考えなかったんですね？」

「わたしは、関係がないと思っています。勘ですけど」

「誠子さんは、海外旅行した人と別れたと思いますか？」

「分かりません」

「事件後、それらしい人から連絡はありませんでしたか？」

「ありません。わたしの住所を知らなかったでしょうし」

二本目の酒が半分減った。午前一時になろうとしていた。

「久しぶりにおいしくお酒を飲むことができました。ありがとうございました」

尚子は帰るのかと思った。「先生。シャワーをどうぞ」と言った。ここへ来た以上は、すべきことはやりとげて帰ると言っているようだった。

茶屋は椅子を立った。わずかに足元がふらついた。

彼がバスローブを着て出てくると、すぐに彼女は、バスルームに隠れるように入った。彼はしばらく彼女の使うシャワーの音を聞いていた。

白いバスローブを着た彼女の顔はほんのりと赤かった。襟元に白い肌がのぞいていた。

彼は彼女の手を摑んで引き寄せた。彼女は彼の膝にのってきた。髪はかすかに花の匂いを放っていた。おとなの女の香気が全身を包んでいた。適度の酔いがからだを火照《ほて》らせていた。バスローブの裾が割れ、しなやかな細い足が彼の膝の上に伸びた。

「ライトを……」

彼女は彼の腰に両手をまわしてささやいた。

彼が灯りを絞った。尚子は先にベッドに横になった。

5

茶屋は午前十一時まで眠っていた。

尚子が帰ったのは午前三時だった。部屋を出ていく前に、グラスを洗い、テーブルの上を片づけた。バスローブも使ったタオルもたたんだ。彼が起きたとき、いやな思いをさせたくないという配慮が表われているようだった。一度は結婚生活を経験したからだろうか。

尚子がもしも、今夜もここへ来ると言ったら、茶屋は東京へ帰るのをもう一日延ばしてもよいと思った。が、彼女は、「お寝《やす》みなさい」と密《ひそ》やかに言って、音をたてずに出ていった。彼はしばらく、彼女がベッドの中に置いていった温《ぬく》もりをさがしていた。


茶屋は、南紀白浜空港から夜の便で東京へ帰った。事務所へ寄った。

彼のデスクの上にメモがあった。

「おかえりなさい。おつかれさまでした。冷蔵庫の中にサンドイッチがあります。お腹がすいていたら食べてください。ハルマキ」

彼は夕方、夜の便で帰ることをサヨコに伝えていた。

ハルマキはきょう、遅番だったのだろう。たぶん、サヨコが帰ってからサンドイッチをつくったにちがいない。

彼はコーヒーを沸《わ》かした。

馬渕記者に聞いた坂戸昌秀の携帯の番号を押した。が、その番号は現在使われていなかった。

坂戸は東京に来てから携帯電話を買い替えたのではないか。彼の番号は串本の友人が知っていた。だが友人は用事がないので掛けたことはなかったという。

坂戸は友人たちにも東京の住所を連絡していない。坂戸からは今年は年賀状が来なかったという。彼は東京に来て、どこに住み、なにをしているのかを串本の人たちには知られたくないのではないか。彼が串本での勤務先を辞め、東京へ行った理由も知られていない。四十二歳の男が働いていないはずはない。まさかホームレスになっているのではあるまい。ホームレスになったとしても、なにかをして生活費を稼いでいそうだ。

茶屋は、ハルマキの手づくりのサンドイッチを食べた。彼女はサヨコの助手のような存在で、これといって決まった仕事はしていないが、料理だけは上手である。茶屋が事務所にいるときも、ときどき昼食を三人前つくる。焼きそばかスパゲッティである。近くのレストランや喫茶店が出す物よりはるかにうまい。母親がつくるのを見て覚えたと言っているが、料理の上手い下手は天性のものではないかと茶屋は思っている。

袋田の自宅に電話した。

「やあ、すまなかったね。串本で三泊したのか」

「じつはね、週刊誌に潮岬を書くことになったんだ。その取材を兼ねている。だから君は負担を感じることはない。……ところで、君のおやじさんは、ニュージーランドへ行ったことがあるかい？」

「行っているよ。何年も前のことだ。風景がすばらしくきれいだったと言って、写真をたくさん撮ってきた。ニュージーランドがどうしたんだ？」

「緒形誠子さんもニュージーランドへ行っていた。どうやら南島をまわったらしい。現地で撮った写真を遺《のこ》していて、それを妹が持っている。誠子さんはそのアルバムを誰にも見られないように隠していたようだ。妹も誠子さんがニュージーランドへ行ったことを知らなかった。おやじさんがニュージーランドへ行ったのはいつなのか分かるか？」

分かると思うから、あとで電話すると袋田は言って切った。

誠子のアルバムの写真には撮影年月日が入っていなかったし、記入もしてなかった。袋田和三郎の写真には日付が入っているのだろうか。

十五、六分後、袋田は電話をよこした。和三郎がニュージーランド旅行をしたのは、六年前の一月だという。

「写真に年月が入っていたのか？」

茶屋は訊いた。

「写真には入っていない。おやじのパスポートを見たんだ。おやじの遺品のひとつとして、パスポートを捨てなかったんだ。六年前の一月二十日に出発して二十六日に帰国している」

「六年前の一月か。誠子さんが殺された年だ。そのときのおやじさんの写真に、誠子さんは写っていないか？」

「いま見ているが写っていない」

「おやじさんはニュージーランドへ、単独で行くと言って出かけたのかな？」

「いや。そのころおふくろは健在だった。おふくろには、業界の人たちと行くと言って出かけたようだった」

「何人かと一緒だと話していたんだな？」

「そうらしい」

「写真には一緒に行った人が写っているかい？」

「写っているのは、おやじだけだ。そのときの写真は百枚ぐらいあるけど、おやじが写っているのは十枚だ」

「おやじさんは、誠子さんと二人きりで行った可能性があるな。業界の人たちと一緒なら、記念に全員で写真を撮りそうな気がする。それがないということは、おやじさんはおふくろさんに嘘を言って出かけたんだろうな」

「おれもそう思う。おふくろに、女性と二人きりで海外旅行してくるなんて言えないからな」

「誠子さんは、べつのアルバムに、佐渡の尖閣湾や鳥取砂丘で撮った写真を貼っている。そこへもおやじさんと一緒に行ったんじゃないかな？」

「おやじは旅行が好きだった。たぶん彼女を連れて行ったんだろう」

和三郎がニュージーランドへ行ったのは、六年前の一月。そのとき誠子は串本にいた。彼女は、前の年に父親を亡くしている。

誠子は三十一歳のとき、それまで暮らしていた東京を離れている。母親が死亡したのを機に、郷里に帰り、父親が経営していたレストランに従事するようになった。その前から和三郎と誠子は親密な間柄になっていたのではないか。つまり二人は彼女が東京にいるときに知り合ったのだ。和三郎は、郷里に帰った誠子に会いにいったのではなかろうか。そのとき、彼女に橋杭岩や潮岬や樫野埼などへ案内された。和三郎は彼女をカメラにおさめた。そのうちの一枚の写真が、のちに肖像画のもとになったということではないか。

彼女が帰郷してからも、和三郎との関係はつづいていた。彼は彼女を国内旅行にも海外旅行にも連れ出した。そう考えると、誠子のアルバムの写真が納得できるのだ。

誠子は三十六歳のときに殺害された。そのとき和三郎は六十五歳だった。二人の年齢には親子にも相当する差があるが、親密な関係であったとしても不思議ではない。

串本の坂戸昌秀は、誠子に惚れていた。彼は彼女と一緒になりたいとまで考えていた。何度かプロポーズしたが、彼女に首を縦に振ってもらえなかった。

その理由は、彼女に和三郎という恋人がいたからではないか。彼女は殺されるまで和三郎と交際していたのだ。二人は遠く離れていたが、心の結びつきは強かったのではないか。しょっちゅう電話をし合ったり、月に一度ぐらいはどこかで会っていたような気もする。

尚子が同居しているか、近くに住んでいたならば、誠子が泊まりがけで出かけたり、旅行するのを知っていただろうが、当時尚子は白浜に住んでいたのだし、身辺は平穏とは言えなかった。そのせいか、彼女は実家にはめったに帰らなかったようである。

午後十一時をすぎた。昨夜、尚子が酒を提げて茶屋の部屋へやってきたときの姿を思い出した。目の縁をほんのりと赤く染めた顔と、ほの暗い灯りの下に横たわった白いしなやかなからだが蘇《よみがえ》った。

尚子はまだ店にいるだろうか。店にいて、酔ってろれつのまわらなくなった客の相手をしているだろうか。

彼は電話をした。すぐに尚子が応じ、「先生」と言った。「もしもし」と言っただけだったが、彼の声と分かったようだ。

客がいるのかと訊くと、

「わたしだけです。先生が掛けてくださるような気がして……」

会って話しているときよりも彼女の声は細かった。「いま、どちらからですか?」

事務所からだと言うと、仕事をしているのかと訊いた。

「さっきからあなたのことを考え、いつ電話しようかと迷っていたんです」

「うれしい。でも、もうお会いできないでしょうね?」

「そんなことはない。そっちへ私が出かけるか、あなたがこっちへ来てくれれば。……あるいは中間の名古屋あたりで会ってもいいし」

「そうですね。白浜と東京は、飛行機なら一時間ぐらいですものね。……先生に、もう一日、串本にいて欲しかった」

そう言ってくれれば、帰るのを一日延期したのに。

「でもそんなことしたら、別れが辛《つら》くなってしまいますね」

そう言ってから彼女は、「わたし、いつなら行けるかしら」とつぶやいた。カレンダーでも見ているのではないか。

茶屋もカレンダーを見て、来週末にこっちを発《た》ちたいと言った。

「そんなに早く……」

彼女はずっと先のことを考えていたのだろうか。

「お寝みなさい」

と言った彼女の声は、深夜にホテルから出ていったときと同じだった。

尚子との電話を切ってから、茶屋は和三郎と誠子の間柄を想像した。二人はちょくちょく電話をし合っていたのではないか。話せばかならず、今度はいつ会うかを約束し合ったのではないだろうか。和三郎には家庭があった。いつも彼のほうから掛けていたような気がする。そのころ、くしもと大橋はできていなかった。島に住む誠子を和三郎は、遠く感じていたと思う。

五章　暗黒の灯火

1

緒形誠子と袋田和三郎が親密な関係にあったことはまちがいなかろう。二人のアルバムの写真から、二人が国内の各地や海外へ旅行したのも事実のようだ。男女の関係には別れはつきもので、二人が円満なかたちで別れたとはかぎらない。なにかのきっかけか、意見のくいちがいで別れることになったとも考えられる。

そう考えると、誠子の首を潮岬で絞めたのは和三郎だったのではないかという疑いが持たれた。串本を訪ねた和三郎に、誠子が別れ話を持ち出した。彼女を失いたくなかった彼は、いっそのこと彼女がこの世にいなくなれば、苦しむことはないと思い、林の中に彼女を押し倒して首を絞めたという想像も湧いてくる。

誠子は、坂戸昌秀から求愛されていた。年齢差のある和三郎にいくら愛されていたとしても、将来に希望は持てなかった。彼にくらべて坂戸は同い歳だ。

それを彼女は和三郎に話した。「一緒になりたいと言う人がいる」と。日ごろ温厚な和三郎だったが、この話には逆上した。「その男とはすでに深い関係になっているのだろう」と、痛罵《つうば》したかもしれない。そして衝動的に彼女の首に腕をまわしたとも考えられる。

それを茶屋は電話で袋田に言ってみた。

「まさか、おやじが……」

袋田は絶句した。自分の父親が人を殺したのではないかというのだから、その驚きととまどいは当然である。

「冷静に考えてくれ。誠子さんが殺された日、おやじさんは東京にいたかどうかだ」

茶屋は言った。

袋田はしばらく無言だったが、調べてみると言い、

「六年前の十月だな?」

と、念を押した。

「遺体発見が十月×日。殺害されたのはその四、五日前ということだ」

袋田は二時間後に電話をよこした。生前和三郎が経営していた会社に、当時のことを問い合わせたのだという。

和三郎は、六年前の十月、休日以外は休んでいなかった。誠子の遺体が発見されたのは火曜日だった。殺害されたのはその四、五日前であるから、木曜か金曜ということになる。

東京から南紀白浜まで飛行機で行く。白浜、串本間は列車利用で一時間足らずだ。午前九時前に羽田を発つと正午ごろには串本に着くことができる。帰りの飛行機が南紀白浜を発つのは十九時ごろである。串本には五時間ばかりとどまることができる。したがって、平日出かけ、日帰りした可能性が考えられる。

「茶屋がそれを言うと思ったから、おやじが社長をしていたころからいる社員に、六年前の十月のことを詳しく調べてもらった。その年の十月、おやじはどこにも出張していなかった。その記録はいまも会社に残っているから、いつでも見せると、その人は言っている」

誠子殺しは和三郎の犯行ではないというのだ。

六年前の十月、和三郎は東京で誠子の事件を知ったはずである。彼は卒倒するほど驚いたことだろう。それからどうしただろうか。それを茶屋は知りたかった。

「そのころ、おやじさんになにか変化があったかどうか、やはり君は覚えていないか?」

茶屋は袋田に訊いた。袋田はずっと両親と同居だった。家族に異変があったのを知っていた人間である。

「覚えていない。おふくろが死んでから、元気がなくなったとは思っていたけどな」

和三郎が病没したのは三年前だ。その二年前に彼の妻がやはり病気で亡《な》くなっている。誠子が殺されたのはさらにその一年前のことである。

「おやじのことを、おれ以上に知っているのは、会社にいる長井《ながい》という人だ。さっきおれは六年前のことを長井さんから聞いたんだ。そのころのおやじのことが必要なら茶屋がその人に会ってくれないか。君の訊きかた次第では、長井さんはなにか思い出すんじゃないかな」

「そうだな。いまは君のおふくろさんもいないことだし、長井という人はなんでも話しそうな気がするな」

長井は現在六十二歳で、和三郎が経営していた会社では最古参の社員だという。

茶屋は、江東区のフクロダ産業へ出かけた。和三郎が創立して、遺《のこ》した会社だ。衣料品メーカーである。そこは六階建てのビルで、一階と二階をフクロダ産業が使っていた。自社ビルだった。

長井はメガネを掛けた白髪頭の男だった。名刺の肩書は取締役となっていた。かつては和三郎の秘書をしていたという。

「雄一《ゆういち》さんから電話をいただきました」

長井は茶屋を応接室にとおして言った。雄一というのは茶屋の親友で、和三郎の長男である。

「息子の雄一君よりも、長井さんのほうが、和三郎さんのことについてはお詳しいと言われたものですから」

茶屋は言って、ソファにすわった。

「先代は、たいていのことは私に話されました。覚えていることはお話しします。先代は草葉の陰で、『よけいなことは言うな』と言っているでしょうが」

長井は目を細めた。

「私がお伺いしたいのは、緒形誠子さんという女性のことです。長井さんはその名前にご記憶がありますか？」

「ありません」

「和三郎さんは、緒形誠子さんとお付き合いしていたものと思われます」

「どういう女性でしょうか？」

「和歌山県の古座町というところの生まれです。地元の高校を出て、墨田区の化粧品メーカーに就職しました。そこに八年間勤務して退職しました。二十六歳のときです。その後の職歴は分かっていませんが、三十一歳まで東京にいたようです。母親が交通事故で亡くなったために郷里に帰りました。そのころ父親は串本の大島でレストランをやっていました。その店に従事していましたが、父親が病死しました。彼女が三十五歳のときでした。その後、串本のホテルに勤めていたのですが、六年前の十月、潮岬で殺されました」

「殺された……」

長井はメガネのずれを直した。「事件に遭うような生活をしていた女性ですか？」

「いいえ。真面目で、地味な暮らしをしていた人です。地元では浮いた噂もありませんでした」

「その緒形さんが、先代とお付き合いしていたことが、どんなところから分かったんですか？」

茶屋は、袋田雄一が誠子の写真と肖像画を持ってきた日のことから順を追って説明した。和三郎がアルバムに貼っていた誠子の写真を見せた。

「なかなかきれいな女性ですね」

長井は写真に見入った。「私は、先代に好きな女性がいることを知っていました。なにをしている人かは知りませんでしたが、その人のところへちょくちょくかよっていたのも知っていますし、私に、『出張ということにしておいてくれ』と言っては、旅行に出かけることもありました。女性のために使ったお金の処理を、私が任せられたこともありました」

「旅行の費用などですか？」

「旅費やホテル代や飲食費のほかに、現金も用意させられました。そのころ当社の業績もよくて、社長の交際費をわりに自由に捻出《ねんしゅつ》することができました。先代は海外旅行に出かけたこともありました。その費用は会社の経費で処理しました。先代の個人商店みたいなものでしたからね」

「和三郎さんはニュージーランド旅行をなさっていますが、それもご存じでしたか？」

「そういえば、六、七年前に行きました。友だちと一緒に行くようなことを言っていましたが、私には女性と一緒だろうという見当がついていました。帰国すると、ほかの社員には内緒だと言って写真を見せてくれました。現地は夏だというのに、雪山や氷河や、美しい湖を撮ってきたのを覚えています。たしか、疲れたと言って、二、三日休んでいました」

「和三郎さんは、女性に関しては発展家でしたか?」

「いいえ。何人もの女性と同時に交際するような人ではありませんでした。この写真の女性とだけ交際していたのだと思いますが、よく面倒を見るというか、たびたび会っているようでしたね。彼女が若かったからでしょうか、とても可愛がっているようでした。毎月のように、私に現金を用意させていましたから、女性の住まいの家賃とか、生活費の援助もしていたんじゃないでしょうか。……私は先代を観察していましたが、水商売の女性と交際しているのではないことを知っていました」

「どんな点からそれが分かりましたか?」

「たとえばクラブなんかで働いている女性を好きだったとしたら、その人のいる店へたびたび行っていたはずです。その店へ行けば請求書が送られてきたり、領収書を持ってきます。ごくたまには取引先とクラブなんかに行くことはありましたけど、それはしょっちゅうではありません」

「この写真は、串本と白浜で撮ったものです。和三郎さんが南紀旅行に行かれたのを、覚えていらっしゃいますか?」

「いや、覚えていません」

「彼女が郷里へ帰ってから、和三郎さんが彼女を訪ねたのだと思います。誠子さんのアルバムにもこれと同じ写真がありました。この中の一枚をもとにして肖像画が描かれています。雄一君の話だと和三郎さんは絵を描かなかったということです」

「先代が絵を描くなんて話は聞いたことがありません」

「和三郎さんが、ご自分で撮った写真をもとにして、画家に肖像画を依頼し、それを誠子さんにプレゼントしたのではないでしょうか？」

「考えられることですね」

「和三郎さんの知り合いに画家はいましたか？」

「画家ですか……。聞いたことがないような気がしますが」

茶屋は、誠子の肖像画を撮った写真を指差した。

「この絵の右下にはこれを描いた人のサインが入っています。〝E.SHINSUKE〞と読めます。その名前に心当たりはありませんか？」

「シンスケ……」

長井は腕組みしていたが、応接室を出ていった。和三郎が遺した人名簿でも見に行ったのだろう。

十分ほどしてもどってきた長井は、その名前に該当《がいとう》する人は見当たらなかったと言った。

「長井さんのご記憶では、和三郎さんは緒形誠子さんと、何年間ぐらいお付き合いしていたと思いますか？」

「そうですね。少なくとも六、七年は、いやもっと長かったような気がします」

長井は顎《あご》を撫《な》でた。

ドアにノックがあって、小柄な女性がお茶を運んできた。

長井の記憶にまちがいなければ、誠子が串本に帰る前から和三郎と親しくしていたようだ。

「誠子さんは、三十一歳のとき、郷里に帰りました。いまから十一年前のことです。和三郎さんにはなにか変化がなかったでしょうか？」

「十一年前……。覚えていませんが、私が会社でつけていた日誌がありますので、それを見てみましょう」

彼はまた椅子を立った。

長井は茶色の表紙のノートを七、八冊持ってきた。会社における日々の出来事を記していたものにちがいない。

「十一年前、先代は十月、十一月、十二月と毎月、大阪へ行っています。二泊したときも、三泊したときもあります」

「出張ですか？」

「十一月は出張で、大阪の取引先を訪問していますが、十月と十二月は、旅行としか書いてありません。会社には出張だと言って出かけたと思います」

「そういうことは、その前にもありましたか？」

「京都にも大阪にも取引先があります。社長として、年に二度は挨拶に行きましたが、たいてい日帰りでした」

十一年前の「大阪出張」は異例だったという。

「和三郎さんには、どういう目的の出張だと、会社に報告する義務はなかったんですね？」

「取引先を訪問する場合は、私が先方の都合を伺ったり連絡しましたが、個人的な旅行の場合は、詳しいことを訊かないことにしていました。そのへんが個人企業のいい面と悪い面です。でも先代は、旅行先で事故に遭ったりする場合を考えていたらしく、毎日一度は、私に電話をよこしていました」

「三か月つづけて大阪へ行くと言って出かけられた年以降も、大阪へ行っていますか？」

長井はノートを繰《く》った。

「二か月に一度は旅行をしています。たいてい二泊で帰ってきていますね」

「佐渡や鳥取へ行った記録はありませんか？」

「六年前の四月に、鳥取へ行っています。温泉に行くと言って出かけ、三泊しています」

「ニュージーランドへ行ったのは、その前ですね？」

「その年の一月でした」

「六年前は、何回旅行していますか？」

「一月、三月、四月、六月、九月の五回です」

「九月はどこへ行かれたのか、分かりますか？」

「旅行としか書いてありません。このときも二泊でした」

「そのころも和三郎さんは誠子さんとお付き合いしていたと思います。彼女はその年の十月に事件に遭いました。和三郎さんはそれをテレビか新聞で知ったような気がしますが、事件直後はどんなようすだったんでしょうか?」

「さあ、覚えていません。ここにはなにも書いてありません。彼女との交際がつづいていたとしたら、それは大きなショックを受けたと思います。先代は串本へ飛んでいきたい気持ちだったんでしょうが、自分が行ったところでどうにもならないと思い、じっとしていたんじゃないでしょうか。そのころから奥さんの体調がすぐれませんでした。たびたび病院へ行っていると、私に話していました」

長井はノートを閉じたが、和三郎には行きつけの小料理屋があったのを思い出したと言った。

「先代は旅行先で地酒を買ってきては、その店に置いていました。東京の酒屋で買った地方の酒を持っていくこともありました。大して飲む人ではありませんでしたが、酒の味の分かる人でした。『幸夜《ゆきよ》』という店で、いまもやっています。私は先代に連れられて何度か行ったことがあります。そこの女将はもう五十をすぎたと思いますが、きれいな人でした。初め私は、先代のいい人かと思ったことがありました。そうだ、『幸夜』の女将に会ってみてください。きっと先代のことを覚えています。女将は、先代の奥さんが亡くなったときも、先代のお葬式にも来ていました。先代のときは焼香しながら泣き崩れていました」

小料理屋の女将と聞いて、茶屋は尚子を思い出した。

長井は便箋《びんせん》に地図を描いた。「幸夜」は両国《りょうごく》駅の近くである。

2

「幸夜」の女将は、長井が言っていたとおり垢《あか》抜けした五十すぎの人だった。和服が似合っていた。板前と若い女性従業員が一人いた。時間が早いせいか、客は入っていなかった。

茶屋は、袋田和三郎の息子の友人だと自己紹介した。

「袋田さんの……」

女将は懐かしそうな目をした。

茶屋はフクロダ産業の長井に聞いてきたと言った。

女将は奥の小座敷へ案内した。茶屋が和三郎のことを訊きたいと言ったからである。

「袋田さんには贔屓《ひいき》にしていただきました。週に二回はお見えになって、静かに召し上がるいいお客さまでした」

「和三郎さんはいつも誰かと一緒でしたか？」

「たまに、会社の方やお友だちをお連れになりましたが、独りでお見えになることが多かったですね」

「この人を連れてきたことはありませんか？」

茶屋は緒形誠子の写真を出して見せた。

「きれいな方……」

女将は写真を手に取ってじっと見ていたが、見覚えのある女性だと言った。

「和三郎さんが連れてきたんですね？」

「そうです。ずっと前のことですが……。この方、写真より若かったと思います」

「和三郎さんが、この人を連れてきたのは、十年以上前ではないでしょうか？」

「そうですね。この店を改装する前でしたから、十二年ぐらい前でした」

「和三郎さんは、この人と何回も一緒に来ましたか？」

「五、六回……。いえ、もっとお見えになったかもしれません。この方、たしか和歌山へお帰りになったのではありませんか？」

女将は当時のことを思い出したようだ。

「そうです。十一年前に和歌山県の串本に帰りました。お母さんが急に亡《な》くなったものですから」

「そうでした。そういう話を袋田さんから聞いた覚えがあります。袋田さんは、この方をとても可愛がっていました。ですからこの方が和歌山へお帰りになったときは、寂しそうでした。……思い出しました。この方、あちらでお亡くなりになったのではありませんか？」

「じつは六年前の十月、潮岬で殺されたんです」

「えっ、それは知りませんでした。袋田さんから、『彼女が亡くなった』という話は聞きましたが、殺されたなんて……。袋田さんは、事故で亡くなったと言っていたような記憶があります。殺されたなんて言いたくなかったのでしょうね」

「彼女を殺した犯人は、まだ捕まっていません」

「地味でおとなしそうで、事件に遭うような方とは思えませんでしたが」

「彼女が亡くなった直後の和三郎さんは、どんなでしたか？」

「それは落ち込んでいました。この方が和歌山に帰られてからも、袋田さんはこの方と一緒に旅行するのを楽しみにしていました。たしか外国へも一緒に行ったようでした。こんなことを言ってはなんですが、袋田さんは、奥さまを亡くされたときよりも、この方が亡くなったときのほうが寂しそうでした」

「そのころ、彼女はなにをしていたのか、ご存じですか？」

「お勤めをしていたんじゃないでしょうか。若いのに珍しいと思うくらいいつも地味な服装をしていらしたのを覚えています」

茶屋は肖像画のもとになった誠子の写真を女将に見せた。和三郎が画家に描かせたのではないかと思ったからだ。

「この絵、わたし覚えています」

「肖像画をじかにご覧になったことがあるんですか？」

「はい、この座敷で見せていただきました」

「和三郎さんが持ってきて見せたんですね？」

「描いた男の方が絵を持ってきて見せたんです。袋田さんは受け取った絵をわたしに見せました。一目見て、和歌山へ帰られた女性だと分かりました」

和三郎は画家と一緒に食事し、肖像画をこの店にあずけて帰った。彼は次の日の昼間やってきて、絵をここで梱包《こんぽう》して送り出したのだという。宛先は串本の誠子にちがいない。

「画家は、この近くの人でしたか？」

「どこに住んでいらっしゃる方かは分かりません。袋田さんから『画家の先生』と紹介されただけだったと思います」

「それは何年ぐらい前のことですか？」

「十年近く前だったと思います」

「画家は、『シンスケ』という名です。覚えていますか？」

「お名前を伺ったような気がしますが、忘れました」

「何歳ぐらいの人でしたか？」

「四十歳ぐらいではなかったでしょうか。髪を長めにして、四角ばった顔の、がっちりしたからだつきの方だったように覚えています。たしか、お酒の強い方でした。袋田さんが買ってきては置いておくお酒を、その方は全部飲んでしまわれました。遅い時間まで飲んでいましたが、お酔いになったようではありませんでした。……どうしてその絵を覚えているかと言いますと、袋田さんと画家の先生がお帰りになってから、そのころここにいた板さんと絵を見直しました。こんなにきれいに描いてもらえるのなら、わたしも絵になりたいなんて、わたしは言ったものです」

「板前さんも、絵になった女性を覚えていたんですね？」

「よく覚えていました」

これで誠子の肖像画の経歴がほぼ分かった。和三郎が誠子を串本に訪ね、橋杭岩や潮岬で彼女を撮影した。樫野埼灯台を背負って撮った写真をもとにして、画家に依頼した。彼は自分がいつでも見られる場所に彼女の絵を置きたかったが、家族や社員の手前それはできなかった。彼は出来映えのいい肖像画を誠子に贈った。彼女はその絵を自宅に置いて大切にしていたと思う。だが彼女は奇禍に遭った。

彼女の自宅と家財を整理した妹の尚子は、「姉に見つめられているような気がする」という理由から、家財とともに肖像画も処分した。緒形家の家財を買い取ったのは田辺市の古物商だった。古物商は肖像画だけを画商に譲った。

画商のもとから誠子の絵だけが消えた。盗まれたのだった。盗んだのが誰かは不明だが、ホームレスの石塚がその絵を所有することになった。石塚はその絵に魅せられたらしく、住まいに置いて眺めて暮らしていた。絵の女性に恋をしたようである。

石塚は病気で死んだ。ホームレス仲間の岡が、石塚の持ち物を処分することになった。岡はその前から石塚が大切にしている肖像画に目をつけていた。露店に出せばかならず買手がつくと踏んでいた。その読みは的中した。たまたま露店を見に行った袋田雄一の目にとまったのだった。彼は絵を見た瞬間、父・和三郎が遺したアルバムに貼ってある女性だと気づいたのだ。父親が画家に描かせた絵が、めぐりめぐって息子の手に落ちたというわけである。

茶屋は袋田に電話を掛けた。両国の「幸夜」という店にいるから来てくれと言った。

袋田はやってきた。彼はこの店に来たことはないが、和三郎がたびたび寄っていたことは知っていた。自宅に「幸夜」と刷ったマッチがいくつもあったからだという。

茶屋が袋田を女将に紹介した。

「初めまして」

女将は言ったが、袋田の姿を彼の母と父の葬式の会場で見ていたと言った。

「お父さまには、それはお世話になりました」

彼女は畳に両手を突いた。顔を上げると瞳は涙で光っていた。和三郎の息子に面と向かうことになるとは想像もしていなかったようである。

茶屋が、女将から聞いたことを袋田に話した。

「ありがとう。これでおやじのアルバムにあった写真の女性の肖像画が、なぜ天王寺で売られていたかが分かった。それと、おやじと緒形誠子さんの間柄も知ることができた」

袋田はそう言って、茶屋の盃に酒を注いだ。

袋田はこれまでの調査にかかった費用を払うと言ったが、茶屋は手を横に振った。

「費用は出版社が、取材費として持ってくれるんだ。だから君は気にすることはない。その代わり肖像画の経歴を週刊誌に書くことを承知してくれないか」

「実名で書くのか？」

「いや、仮名だ。だが人によっては、君のおやじのことだと分かるかもしれない」

「それはかまわない。誠子さん殺しの犯人がおやじでないことははっきりしているんだから」

「おやじさんが犯人だったら、おれは書かないよ。……ところで、誠子さんの肖像画はどうするんだ？」

「家に置いておくよ。おふくろはヤキモチを焼いてるだろうけど、おやじはよろこんでいるような気がする」

「おやじさんは冥土《めいど》で、おふくろさんの目を盗んでは誠子さんと会っていそうだな」

「おやじは、若いころ遊んだり、浮き名を流した男じゃなかったらしい。おふくろと一緒になってから好きになった女性は誠子さんだけだと思う。何年間付き合っていたか知らないが、彼女が死ぬまで愛していたような気がするんだ」

女将がときどきやってきては、二人に酒を注いだ。酒がそう強くない袋田の長い顔は赤くなった。

茶屋の頭に尚子の姿が浮かんだ。彼女もいまごろ客の盃を満たしているだろうと思った。

3

袋田に頼まれた肖像画の経歴については、ほぼ調べ終えた。絵画に描かれた女性が緒形誠子で、和三郎とは深い愛情関係を結んでいたことも推測できた。

だが、誠子は六年前に殺害されていた。変質者の流しの犯行に遭ったのでなければ、彼女の側に殺される要因があったことも考えられる。

茶屋は、かつて誠子が勤務していた墨田区の化粧品メーカーへ行ってみた。その会社は、約十年前に埼玉県川口《かわぐち》市に移転していた。そこを訪ね、人事課員に会った。

人事課員は、誠子が殺されたことを知っていた。事件直後、和歌山県警から刑事が来て、彼女の経歴を聞き出していったという。

誠子は、高校卒業と同時に同社に採用され、墨田区内の寮に起居していた。八年間勤務したが、その間ずっと寮に入っていた。彼女と同じように地方の高校を卒《お》えて就職し、寮に入っていた女性社員は何人もいたが、その中で、一時誠子と同じ部屋で生活したことのある人が分かった。福岡県出身の赤泉今日子《あかいずみきょうこ》だった。たぶん彼女は、当時の誠子を記憶しているだろうと人事課員は古い書類を見て教えてくれた。人事課員は、和歌山県警の刑事にも同じことを答えたにちがいない。

赤泉今日子は、誠子より一年前に寮を出たが、転居先が記録されていた。彼女は寮を出てから三年間、同社に勤務していたのだった。

今日子が会社の独身寮から転居した先は墨田区内だった。

茶屋はその住所をさがし当てた。わりに新しいマンションが建っていた。マンションの家主に当たると、赤泉今日子は転居したが、彼女のことを覚えているし、いまも年賀状の交換をしているということだった。

「赤泉さんが住んでいたころは、木造二階建てのアパートでした。四年前にいまのマンションに建てかえました」

家主はそう言った。今日子は三年ばかりアパートに住んでいたが、結婚することになって、転居したのだという。

「結婚してから、いろいろなことがあったようですし、住所も変わりましたが、うちへは何度か寄ってくれましたし、年賀状をずっとくれています。アパートに住んでいるあいだ、うちと親しくしてましたからね」

家主は今日子から届いた今年の年賀状を見せた。その住所は杉並《すぎなみ》区だった。彼女は結婚して姓が変わったが、離婚して旧姓にもどしたという。いろいろなことがあったようだと家主が言ったのは、離婚を指しているらしかった。

今日子の現住所は家の建てこんだ住宅街の小さなマンションだった。その建物は古かった。彼女は勤めているのか、不在だった。夜間にあらためて訪問することにした。

茶屋は尚子の自宅に電話した。呼び出し音が五、六回鳴ってから、

「はい」

と、細い声が応えた。

彼は彼女と別れてから何日も経っているような気がした。それを言うと、

「わたしも同じです。ゆうべ電話をいただけると思って、十一時半まで店で待っていました。先生、いつ来てくれますか？」

一昨夜電話したとき、彼は来週末なら行けると言ったはずなのに、彼女はそれを忘れてしまったようなことを言う。

来週末なら行けそうだと、あらためて言うと、何日に来られるのかと訊いた。

彼は何日に行くとは決めていなかった。

「串本までおいでにならなくても、名古屋でも大阪でもいいんです。日曜なら、わたし、どこへでも出ていきます」

茶屋も日曜のほうが都合がよい、平日だと、サヨコとハルマキにどこへ行くかを告げなくてはならない。取材のすんだ串本へ行くとは言えない。

「今度の日曜日に……」

彼女のほうから言った。茶屋は押しきられた格好になった。

どこにするかと言うと、彼女は名古屋がいいと言った。茶屋は、名古屋でホテルを取り、それをあとで連絡することにした。

彼の胸は高鳴っていた。思いがけず彼女に早く会えることになったからではなく、なんだか深い谷に架けられた細い橋を渡りはじめているような気分になった。彼は馬渕記者から聞いた尚子の白浜時代を思い出した。彼女は高校を卒えると家を飛び出し、白浜に住んでいた男のもとへ走ったのだった。彼女は積極的で激しい性格なのではないか。男を好きになると、居ても立ってもいられなくなる女性なのか。

今度は名古屋で会うことにしたが、次は串本へ来てくれと言われるか、彼女が東京まで来ることになりそうな気もした。

午後七時に赤泉今日子を訪ねた。彼女は帰宅したばかりのようだった。たたきには黒い靴が一足そろえてあった。彼女は独り暮らしのようである。

彼女は茶屋をせまい玄関に入れた。黒の半袖シャツを着ていた。面長で鼻の高い彼女の表情は曇っていた。彼が緒形誠子のことを聞きたいと言ったからだろう。

彼女は茶屋の名を知っていた。週刊誌でよく目にすると言った。

彼は彼女の警戒心を解くために、なぜ誠子のことを訊きたいのかを簡略に話した。週刊誌に書くために潮岬を訪ね、誠子の事件を知ったのだとも言った。

彼女は何度もうなずいた。彼の説明に納得したようだった。

「お夕飯はこれからですね？」

「はい」

夕食の準備にとりかかろうとしていたようだ。

茶屋は食事しながら話を聞きたいがどうか、と誘った。

「そうします」

彼女は小走りに奥へ引っ込むと、うすいジャケットを着て出てきた。

五、六分歩いたところにファミリーレストランがあった。

「ここでよろしいでしょうか？」

彼女は彼を振り返った。後ろにまとめ上げた髪がライトを受けて光った。誠子と同い歳ぐらいではないかと、茶屋は見てとった。

レストランは半分ぐらい席が空《あ》いていた。今日子は先に立って窓ぎわの席にすわった。

化粧品メーカーへの就職は、誠子と同期だったのかと訊くと、誠子は一年先輩だったと言った。今日子は四十一歳のはずである。

「わたしが就職したとき、寮は一杯で、わたしは一年先輩の緒形さんと同じ部屋になりました。

二年間、同じ部屋にいて、三年目に個室に移りました。緒形さんは、優しくて親切で、不馴れなわたしにいろいろ教えてくれました」

誠子は八年間勤務して、二十六歳のときに退職したというが、その理由はなんだったのかと訊いた。

「単純作業でしたから、仕事に飽きたようでした。郷里の和歌山へ帰ろうかと考えたこともあったようでしたが、就職情報誌を見ていたら、よさそうな会社が募集していたので、応募する気になったんです」

「緒形さんは、転職したんですね？」

「衣料品メーカーに転職しました」

「衣料品メーカー……。それは江東区のフクロダ産業という会社では？」

「いいえ、日本橋《にほんばし》でした」

その社名を茶屋は訊いたが、今日子は思い出せないようだった。

「化粧品メーカーを辞めてから、郷里に帰るまでに五年ありましたが、その間ずっと同じ会社に勤めていたんですね？」

「そうです。洋服を扱う仕事で、化粧品会社よりも面白いと言っていました」

今日子の環境も変わったが、誠子とは毎月一回は会っていたという。

「緒形さんは、袋田和三郎という人と親しくしていましたが、それはご存じでしたか？」

「知っています。緒形さんが日本橋の会社に移って、たしか二年ぐらい経ったときに知り合ったんです。緒形さんが勤めていた会社と、袋田さんが社長をしている会社とは取引関係でした。袋田さんがときどき、緒形さんのいる会社を訪ねていてお知り合いになったということでした」

「それまでの緒形さんには、恋愛経験や結婚の話はなかったんですか？」

「緒形さんは、男性に関しては臆病なところがありました。化粧品メーカーにいるとき、彼女を好きになった同僚がいました。その人は彼女にいろんな物をプレゼントしたり、お食事やコンサートに誘っていたようですが、彼女のほうは好きになれなくて、誘われても断わっていたということです。彼女は、家庭のある上司から誘われたこともあったようです。会社を辞めたくなった理由のひとつには、そういうこともふくまれていたと思います」

「それなのに、歳の離れた袋田和三郎さんとは、交際するようになったんですね」

「袋田さんに何回か誘われてお食事しているうちに、話題が豊富で知識の広い袋田さんが好きになったということでした。勿論《もちろん》、袋田さんのほうが緒形さんを先に好きになって、お食事に誘ったりしていたのだと思います。月に一回、わたしと会うと緒形さんは、かならず袋田さんのことを話しました。優しくしてくれて、いい人にめぐり会えたと言っていました。彼女は歳の差は気にしていなかったようです」

「緒形さんが三十一のときにお母さんが亡くなっています。それで郷里に帰ることにしたようですが、袋田さんとは話し合ったんでしょうね？」

「ほんとうは緒形さんは帰りたくなかったんです。袋田さんと遠く離れてしまうからです。たった独りになったお父さんのことも気になって、どうしようかと迷っていました。お父さんは帰ってきて欲しいと言っているので、そのことを彼女は袋田さんに話したそうです。すると袋田さんは事情を理解して、お父さんのために帰ってあげなさいと言ったということです。それでも緒形さんはすぐに会社を辞めず、二、三か月勤めていました。袋田さんと遠く離れるのが辛《つら》かったのだと思います。その間も袋田さんとは話し合っていたんです。彼女が串本へ帰っても、袋田さんは会いに行くと言ったそうです」

「袋田さんは、実際に彼女に会いに行ったようですね」

「串本へ帰った緒形さんは、わたしによく電話をくれましたし、手紙もくれました。袋田さんとは白浜や勝浦《かつうら》で会っていると手紙に書いてよこしたこともありました」

「緒形さんと袋田さんは、海外旅行にも出かけているようですが、ご存じですか？」

「ニュージーランドへ行ったと言って、きれいな山や湖の写真を送ってくれました。緒形さんは、月に一回ぐらい袋田さんと会うのを楽しみにしていました。父娘ほど歳のちがう彼とのことを正直に話せるのはわたしだけと、緒形さんは電話で言ったことがありました」

「袋田和三郎さんも、緒形さんをほんとうに愛していたのでしょうね？」

「そのようです。わたしは緒形さんの話を聞いていて、うらやましく思ったこともありました」

「袋田さんが彼女を肖像画にして贈っていますが、それはご存じですか？」

「緒形さんから聞きました。袋田さんが串本に来て撮った写真を、絵にして送ってくれたと言っていました。その話を聞いたときわたしは、緒形さんの肖像画は、袋田さんがご自分の手もとに置きたかったものだろうと思いました」

茶屋もそう思う。和三郎は許されることなら、誠子の絵を自宅か会社に置いて、しょっちゅう見ていたかったのではないか。

誠子の父親は、八年前に倒れ、一年後に亡くなった。彼女は独り暮らしになったのだが、ふたたび東京へ出ようとはしなかったのか。

「それは考えていたようです。それを袋田さんにも話したということでした。お父さんの一周忌をすませたら、あらためて考えようとしたんじゃないかと思います。彼女は袋田さんの近くにいたいようなことを、電話で言っていましたから。一周忌をすませたら、東京で暮らすと、袋田さんに話していたんじゃないでしょうか。お父さんが亡くなってからの一年は、比較的自由に袋田さんと会っていたようです。ですから二人で海外旅行もできたのだと思います。袋田さんと離れていても、充実した生活をしているようなことを手紙に書いてよこしたこともありましたから」

その誠子が殺された。それを知った和三郎はどんな気持ちになったろうか。

「緒形さんが殺されたのを知って、あなたはどうしましたか?」

茶屋は今日子に訊いた。

「事件を新聞で知って十日ぐらいあとでした。どこへ連絡していいのか分かりませんでしたので、わたしは独りで串本へ行きました。潮岬へ行って、小さな売店の人に、緒形さんはどこで発見されたのかを訊きました。売店の人に教えられたところへ、花束を供えました。誰が供えたのか、花束が二つばかり置いてあったのを覚えています」

「潮岬は初めてだったんですか？」

「緒形さんからどんなところかを聞いていたので、いつかは行ってみたいと思っていましたが、まさかあんなことで行くなんて……。わたしが行った日は風が強くて、林のあいだから見える海は荒れていました。大きな岩に波がぶつかって、白い飛沫《しぶき》が高く上がっていました」

今日子は六年前のその日を思い出してか、視線を遠くに向けた。

茶屋も潮岬を思い出した。「本州最南端」の碑の先は樹木の生えた断崖だった。眼下に巨大な岩があり、波が当たって泡立っていた。

「あなたが緒形さんと最後に話をされたのはいつでしたか？」

「彼女があんなことになる一週間ぐらい前でした。彼女から電話がありました」

「そのときの緒形さんのようすはどうでしたか？」

「べつに変わったようすはありませんでした。たしか、『来年になったら東京へ行きたい』と話していたような気がします」

「東京に住むということですか？」

「そうだったと思います」

誠子は、事件を予感させるようなことは話していなかったというのだ。

「串本には、緒形さんを好きになった男性がいました。その人は彼女にプロポーズしていたということです。そういう話は聞いていませんか?」

「いいえ。一度も……。彼女がその男の人を好きになっていたら、東京へ行くなんて言わなかったでしょう」

誠子を好きになったのは坂戸昌秀だ。彼女が坂戸のことを今日子に話さなかったのは、彼に恋心を抱いていなかったからではないか。

4

日曜の午後、名古屋駅に近いホテルに着いた。茶屋は、尚子が列車でやってくる時刻を見はからって、東京から新幹線に乗ったのだった。

車両には独り旅の男も女も乗っていた。恋人が東京か大阪あたりに離れて住んでいて、月に何回か中間の名古屋で会っている人たちもいるような気がした。かつて袋田和三郎と緒形誠子も、連絡を取り合い、名古屋で会ったことがあるのではないか。おたがいに列車でやってくるから、会った二人は濃密な時間をすごしたように思われる。そのぶん二人は、いつも別れの寂しさを分かち合ったにちがいない。誠子は、父親が死亡してのちの約一年間は独り暮らしだった。和三郎とはどこで会っていたのか知らないが、串本への帰りは彼の温もりを掌《てのひら》におさめ、次に会う日までを数えていたような気もする。和三郎のほうは彼女の気持ちを呑み込んでいた。だから彼女を旅行に連れ出していたのではないだろうか。

茶屋と尚子は、十分とちがわずにホテルのラウンジに着いた。茶屋は約二時間、列車に乗っていたが、彼女は途中乗り替えて、三時間あまりを要したのだ。

彼女は、ベージュ色のうす地のジャケットの下に黒い丸首シャツを着、灰色のパンツを穿《は》いていた。彼の正面の椅子にすわりかけたが、その椅子にバッグを置くと、彼とは鉤《かぎ》の手の位置にある椅子にすわり直し、すぐに彼の手に腕を伸ばしてきた。彼は彼女の手を固く握った。

「先生が、ほんとうに来てくださるかどうか、列車の中でずっと不安でした」

彼女は長旅を終えてきたというふうに、深く息を吐いた。

彼は彼女の黒いバッグに目をやった。大きいほうではないが、明らかに旅行鞄《かばん》だった。その中には着替えと化粧品がおさまっていそうだ。一泊する予定が、そのバッグの大きさに表われていた。

茶屋は、どこかを見物するかと訊いた。

尚子は、コーヒーカップに指をからめて、首を横に振った。伏し目がちの横顔は、早く二人きりになりたいと言っているようだった。そのために二人は、はるばるやってきて会ったのだった。一分でも無駄にしたくないと彼女は言いたいのではないか。

部屋に入ると、彼女は鞄を床に落とすように置き、彼の腰に両手をまわした。このときをどれほど待ったかというふうに、両手に力を込めてきた。

尚子は冷蔵庫からビールを抜いた。洗面所でグラスを洗ってきてテーブルに置いた。自分の飲みたい物だけを冷蔵庫から出す女ではなかった。

一杯飲み干すと、尚子はバスタブに湯を溜《た》めた。

彼が先にバスを使って、浴衣《ゆかた》に着替えた。

彼女はジャケットをワードローブのハンガーに吊るすと、バスルームに隠れた。出てきた彼女も浴衣を着ていた。

彼は尚子のグラスにビールを注いだが、彼女は彼の膝の上にのった。

彼女は一番下の物だけを着けていた。ベッドで、浴衣も下着も彼に脱がさせた。

二人は、三十分ばかり眠った。呼吸を合わせるように起き上がった。

夕食のレストランでは向かい合った。三時間ほど前にラウンジの椅子にすわっていたときよりも、尚子の表情は和《なご》んでいる。頬をゆるめて彼の盃に酒を注いだが、店で注ぐときとは、顔つきも手つきも異なっているように見えた。

食事のあと、ルームサービスの酒を取った。が、尚子は、この前、串本のホテルでのときほど量を飲まなかった。あすは帰らねばならないという心がまえが、酒を控えさせているように思われた。

茶屋は初めて尚子の寝姿を見ることになった。

彼女は浴衣を着、きちっと帯を締めると、からだを彼に向け、枕をはずして彼の胸に額をつけた。彼よりも先に寝息を聞かせはじめた。

明け方、彼女は寝言を言った。彼は呼ばれたような気がして目を開けた。彼女は仰向いて眠っていた。名古屋のホテルにいることを忘れているようだった。

翌朝九時に彼はベッドを抜け出した。きょうは月曜だ。仕事も気になったし、彼女を帰す時間も気になった。

「よく眠りました」

彼が起きた気配に気づいてか、彼女は目を開けた。すぐにバスルームに消えた。

出てきたときは、すっかり顔をととのえていた。二人の浴衣をたたみ、ベッドを直した。

小振りのテーブルに向き合うと、

「先生。もう一度、わたしの我儘《わがまま》を聞いてください」

と、彼女は真顔になった。

「我儘を……」

「今度の日曜に、勝浦で会ってくれませんか？　どうしてもご都合がつかなかったら、次の日曜でも」

彼はうなずいた。

尚子は、紀伊勝浦のホテルを取っておくと言った。

「もう一度……」と彼女が言った意味を彼は嚙《か》みしめた。もう一度会ったら、それきり彼とは会わないことにすると決めているようにも受け取れる言葉だった。

尚子と二人でホテルの朝食を摂《と》った。彼女はほとんど喋《しゃべ》らなかった。もしかしたら頭は、子供のことや、今夜からまたはじまる店の仕事に向いているようにも思われた。

二人は十一時すぎにホテルのロビーで別れた。彼女を列車のホームまで送ると彼は言ったのだが、彼女は彼の肩を押さえてソファにすわらせた。二人きりでいるあいだは、片時も離れたくないが、別れのときは未練を振り切りたいと言っているようだった。

ホテルを出ていく彼女を、彼はガラス越しに見ていた。彼女はまるで逃げる者のように足早に信号を渡った。彼の目に彼女のからだは誰よりも細く映った。

茶屋が事務所に着いたのは、午後二時半だった。

「お早よう」

彼は、サヨコとハルマキを見ずに言った。

「ケイタイの電源を切っておいたのね」

サヨコが冷たく言った。古女房のような言いかただ。

「そうか。入れ忘れたんだ」

彼はとぼけた。

「牧村さんから、二回電話があったんですよ」

「用事はなんだ?」

「潮岬の原稿を書きはじめているかって訊かれました」

「これから書く」

「そうしてください。締切りに間に合わなくなりますよ」

サヨコの声には抑揚《よくよう》がなかった。彼のほうをじっとにらんで話しているらしかった。

「きょうは遅かったのね」

ハルマキがお茶を淹《い》れた。

「寄ってくるところがあったんでな」

「剃《そ》り残しがありますよ」

彼は顎を撫《な》でた。

「ここ」

ハルマキは彼の首に指先を当てた。

「珍しい」

サヨコは、自分の席から言った。彼女はいつもとちがう茶屋を感じ取っているふうである。
五、六分すると、サヨコはパソコンを打ちはじめた。茶屋はほっとし、ハルマキが置いた湯呑みを両手に包んだ。腕か肩に尚子の匂いが残っているような気がした。

彼は来週の日曜に行く紀伊勝浦までの道程を考えた。名古屋から列車を利用するか、南紀白浜まで飛行機でゆき、そのあと列車にすべきか。

「今度の連載は、勝浦まで範囲を広げることにした。潮岬だけじゃせますぎる。勝浦は有名な温泉地だしな」

茶屋はサヨコのほうを向いて言った。きょうのサヨコの髪は明るい茶色をしていた。それを言うと、

「気づいてくれたんですね。きのう染めてきたんです」

急に機嫌がよくなったような言いかたをした。

「そのほうがいい」

「似合いますか？」

「美人は、なにを着ても、どんな色の髪にしても似合う」

彼女は髪に手をやって笑った。

「染めたの。わたし気がつかなかった」

ハルマキだ。

「この前は、勝浦には行かなかったんでしょ？」

サヨコはパソコンの手をとめた。

「行ってみたかったが、時間の余裕がなかった」

「行くんですか、勝浦へは？」

「あそこには大きなホテルがある。そこを見ておきたいと前から思っていた」

「『ホテル紀《き》ノ島《しま》』のことですね。館内に温泉がいくつもあるそうです」

彼女は、パソコンで勝浦を呼び出した。

〔和歌山県東牟婁郡那智《なち》勝浦町。紀伊半島南岸の勝浦湾に面する保養、観光、水産業の町。県下第一のカツオ、マグロ遠洋漁業の基地〕

「勝浦へは、いつ行くんですか？」

「今週は、ここで何週分かの原稿を書いて、土曜に行こうと思う」

「列車ですか、飛行機ですか？　船で行くという手もありますよ」

「勝浦を見るだけだから、南紀白浜まで飛行機で行こうかな」

「この前とダブリますね」

「途中の交通機関のダブリはしかたがない」

「ハルマキ。飛行機のチケットを手配して。今週の土曜の朝の便」

サヨコはハルマキに言いつけた。

ハルマキは時刻表を手にして、のろのろっと立ち上がった。

5

土曜の朝、この前と同じ便で羽田を発った。

白浜からの列車も同じだった。

右の車窓に映る海が枯木灘《かれきなだ》だ。木立ちや人家にさえぎられて、海の風景はとぎれとぎれにしか見ることができなかったが、晴れた空を映した海はかぎりなく広かった。

串本をすぎた。尚子の姿が浮かんだ。彼女には土曜日に勝浦に着いていることを電話で伝えておいた。それを聞いた彼女は、土曜から一緒にいたいが、店を休むわけにはいかない、と残念がった。

特急列車が串本を出るとすぐに、橋杭岩が間近に見えた。巨岩が牙《きば》のように尖《とが》っていた。濃い緑の山をくり抜いたトンネルをいくつもくぐった。白浜から一時間二十分ほどで紀伊勝浦に到着した。

二十人ぐらいが列車を降りた。駅前は閑散としていた。道路を渡ったところに「ホテル紀ノ島」の旗を掲《かか》げた男が立っていた。男は、ホテルに向かう連絡船の桟橋《さんばし》への道を教えた。そこまでは五分ぐらいだった。あちこちに「マグロ」「クジラ」の看板が目についた。隣の太地《たいじ》町は日本捕鯨業の発祥地だ。

亀のかたちをした連絡船には三十人ぐらいが乗った。ホテルと桟橋をピストン輸送しているのだった。

船の中からホテルの全景が見えた。勝浦湾に突き出た半島のほぼ全域を占《し》めている大きなホテルだ。山の頂稜部にも建物がある。茶屋と同じ列車を降りた人のほとんどが、ホテル紀ノ島の客ではないか。

船は五分ぐらいでホテルに着いた。フロントで名を告げると、和服の女性が案内するという。部屋まで行くのかと思ったら、エスカレーターの乗り口までだった。茶屋が泊まるのは山上館という棟で、そこのフロントまでエスカレーターに乗るのだという。

そのエスカレーターは長かった。山の斜面を利用して設けられたもので、十分ぐらいを要した。

部屋は太平洋に面していた。眼下に小島と岩礁がいくつもあり、波に洗われていた。沖の小島に白い灯台があった。さらに沖に大型船の姿がある。その先は水平線である。

茶屋は部屋にバッグを置くと、熊野那智大社を見にゆくことにした。そこには有名な那智の大滝がある。

フロントでタクシーを頼んでもらいたいと言うと、エレベーターへ案内された。これなら一分あまりで一階へ下りられるのだった。

連絡船で勝浦桟橋へもどるのかと訊くと、タクシーは陸路を来るという。

黒塗りのタクシーは五、六分で着いた。五十代の運転手は訛《なまり》の強い早口でよく喋《しゃべ》った。勝浦の町を数分で抜け、せまい田畑のある地域を走り、やがて坂道にかかった。スギの木の多い道はうす暗い。運転手はスピードを緩《ゆる》め、「熊野古道」を説明した。熊野詣《もうで》の参道である。その登り口のスギの老木は樹齢八百年の「夫婦杉《めおと》」だという。古道は暗いスギ林の中を登っていた。階段状に石が刻んであった。その昔、霊地熊野の大自然に信仰を求めて、皇族、貴族をはじめ、老若男女は「蟻《あり》の熊野詣」といわれるように数多くの人が参詣《さんけい》に訪れた。そのみちのりは京の都より山河八十里（三二〇キロ）、往復約一か月を要したという。現在はそこを歩く人がめったにいないのか、石畳には青い苔《こけ》が生えている。道が大きくカーブすると、鬱蒼《うっそう》たる山林の中に滝の頭が白く見えた。

タクシーは鳥居の近くで停まった。そこには観光客が大勢いた。スギの古樹のあいだに石段があり、老人のグループが怪しい足取りで登り下りしていた。石段を下りきると社《やしろ》があり、観光客が高さ一三三メートルの大滝を仰いでいた。銚子口の幅は一三メートル、滝壺の深さは約一〇メートルという。

茶屋は人の頭越しに大滝をカメラに収めた。きのう雨が降ったというから落ちる水量は豊かで、瀑布《ばくふ》はとどろいて白い水煙をまき散らしていた。飛沫が腕を濡らして冷たかった。

平安末期（約八百年前）に建立されたという朱塗りの三重の塔は再建され、緑の山を背景にして映えていた。茶屋はそれへ登った。エレベーターがついていた。高い位置から大岩壁を落ちる滝を拝み、滝壺をのぞくことができた。

ホテルにもどった。団体客が到着したらしくフロントの前は混雑していた。人をよけてとおりすぎようとしたら、「先生」と女性の声に呼ばれた。瞬間的に、サヨコかハルマキではないかという気がしてぎくりとした。

白いシャツを着て椅子を立ったのは、なんと尚子だった。

彼女は茶屋に寄り添うと、シャツの袖を摑んだ。

「先生が勝浦へ来ているかと思うと、居ても立ってもいられなくなって……」

彼女は、この前、名古屋で会ったときと同じ旅行鞄を提《さ》げていた。涙ぐんでいるように瞳は光っている。

彼は彼女の手を握った。

「店のほうは大丈夫ですか？」

「マコちゃんに、よく頼んでおきましたし、今夜だけ知り合いの人に来てもらうことにしました」

彼女は、店を休むのは去年の夏、熱を出したとき以来だと言った。

「ここに来たことはありますか？」

彼が訊いた。

「初めてです。大きなホテルだとは聞いていましたけど」

尚子は周りを見渡した。

「初めてなら、エスカレーターで昇りましょう」

彼は彼女の鞄を持った。

彼は彼女に店のことを訊いたが、子供のことは心配しなくていいのかと訊かなかった。彼女は家庭のことには目を瞑《つむ》って出てきたにちがいなかった。彼も彼女には、子供のことは忘れていて欲しかった。

エスカレーターに乗ると、

「二日間、先生と一緒にいられます」

尚子は彼を振り向いた。きょうの彼女は灰色のパンツに黒の靴を履《は》いていた。

「急に来てしまって、よかったでしょうか？」

「私も、早く会いたかった」

尚子は一段上から後ろに腕を伸ばした。その手を彼は握った。

部屋へ入ると、彼女のほうから抱きついてきた。窓からの眺望などどうでもよいと言っているようだった。

夕食は七時に摂《と》る。その間に天然の大洞窟温泉に入ることにした。このホテルには温泉が七か所あって、館内で湯めぐりが楽しめるという。

尚子は浴衣を彼の前に置くと、自分の浴衣を持って洗面所に消えた。

着替えて出てきた彼女は、髪を高くまとめて上げていた。白いうなじが細く、そこから匂いが立っているようだった。浴衣姿になった撫肩《なでがた》の彼女のからだはか細く見えた。

二人は肩を寄せ合って廊下を歩いた。エレベーターに乗ると、尚子は彼に寄り添った。片時も離れていたくないと言っているようである。

「先に出たら、ここで待っていて」

彼女は浴場の入口にある椅子を目で指した。そこは文字どおり大洞窟だった。

中央の壁で男湯と女湯を分けていた。浴槽がいくつもある。壁面と天井の岩肌は茶褐色や黄色で、海に向かって口を開けていた。波が打ち寄せ、飛沫を上げるのが見えた。海水の浸食によって生じた洞窟に湯が湧いているのだった。湯には硫黄《いおう》の匂いがある。温泉に浸《つ》かるのが楽しいのか、女湯から高い声と笑い声が壁を伝わってきた。尚子はどんな浴槽にからだを沈めているかを茶屋は思った。

浴槽を出たのは彼のほうが早かった。

尚子は、タオルで額を拭きながら出てきた。長めの首まで赤く染まっていた。

夕食にはまだ間があった。館内を見てまわることにした。売店がいくつもあった。カラオケルームが廊下の両側にずらりと並んでいた。夜遅くまで起きている客のためにか、食堂があり、コンビニエンスストアも設けられていた。

た。夕食は小座敷で摂るようになっていた。テーブルに向かい合うと、尚子ははにかみ笑いをした。腕が動くたびに浴衣の襟がわずかに開き、白い胸がのぞきそうな気もした。

二人は地酒を注ぎ合った。温泉の熱はすっかり冷めたが、今度は酒の色が彼女の細い首に浮き出した。

小さな鍋が湯気を上げはじめた。蓋《ふた》を取ると茶色の皮をした魚が煮えていた。それはウツボだった。茶屋は水族館で見たウツボの容《すがた》を思い出した。尚子は食べたことがあると言った。彼は初めてだった。肉はやわらかだが、うまくはなかった。

部屋で飲む前にさっきとはべつの温泉を浴びた。そこは山上の露天風呂だった。漁港のほうを向いていて、街の灯も見えた。頭上に半月が昇っていた。

尚子のほうが先に出て、襟元を摘《つま》んでいた。人は茶屋と彼女を見て、夫婦と思うだろうか。

部屋にもどると、布団が二つ並べて敷かれていた。

尚子は茶屋のタオルを干した。彼女がときに見せる家庭的な一面である。

窓辺の椅子で酒を注ぎ合った。窓を半分開けた。眼下の岩に砕ける波の音がかすかに聞こえた。それ以外に音はなく、ただ暗い海が広がっている。島の上にある灯台の灯が揺れているように見えた。沖を船がゆくのか、小さな灯が動いている。

「しあわせです」

彼女は海を向いていたが、からだをねじると茶屋に腕を伸ばしてきた。

彼はその手を引き寄せた。彼の膝にのった彼女の襟が割れた。長めの首が力を失ったように彼の肩に倒れた。

彼は彼女を抱き上げると、布団へ運んだ。

彼女は自ら浴衣の襟を開き、乳房を下から押し上げた。


次の朝、空気の動く気配で彼は目を開けた。ほのかに湯の匂いがした。尚子が風呂を浴びてもどってきたのだった。彼女は彼が目を覚ましたのに気づかず、窓辺で海を向いて、胸の汗を拭っていた。

彼は起き上がった。頭の芯《しん》にかすかな痛みがあった。

「よく眠っていましたね」

彼女は浴衣の襟を合わせて振り向いた。

彼も湯に浸かってくることにした。時計を見ると、八時前だった。尚子の布団は、使われなかったように乱れが直されていた。

二人は紀ノ松島めぐりをすることにした。観光船には三十人ぐらいが乗った。海にはうす陽が当たっていた。潮風がここちよい。船は勝浦湾口を出て、ホテルの建つ狼煙《のろし》半島の裏側へまわった。大小の島が百三十はあるという。島には洞窟がいくつもあり、温泉の湧いている暗い穴もあるらしい。岩の上には釣人の姿もあった。小島の上で鳶《とび》がゆったりと輪を描いていた。

茶屋は紀ノ松島の風景を撮影した。緑の木におおわれた島を背景に尚子を撮ろうとした。

「一枚だけにして」

彼女は写真を撮られるのが好きでないという。姉の誠子は、袋田和三郎の向けるカメラに何度もおさまっていた。妹とはちがって写真嫌いではなかったようだ。

遅い昼食を摂ってホテルにもどると、二人は夜の訪れを待つように館内で湯めぐりをした。温泉を出てくるたびに尚子は酒に酔ったような赤い顔をし、首筋をタオルで拭っていた。よく汗をかく体質のようである。

夕食がすむと、昨夜と同じように窓辺の椅子に向かい合って酒を飲んだ。きのうより彼女の口数は少なかった。ふと、家庭のことや店のことが頭に浮かぶのではないか。

「先生。ありがとうございました。もう我儘《わがまま》を言いませんから」

日付が変わると、彼女は彼の目を見て言った。

彼は首を横に振った。許されることなら、ずっと彼女とこうしていたかった。

「もし先生におひまができたら、誘ってください」

「時間をつくって、会いにくるようにします」

「うれしい」

彼女はそう言ったが唇を噛んだ。顔を暗い窓に向けた。彼女の姿がガラスに映った。彼女は両手で浴衣の襟を摑み、寒さをこらえるように震えていた。なにかを自分に言いきかせているようだった。眼下の海から死の闇が迫ってくるような夜である。

翌朝十時にチェックアウトした。連絡船で桟橋へ渡った。白浜方面への列車に乗った。窓ぎわの座席にすわった尚子は、外に顔を向けつづけていた。串本に着くというアナウンスが流れると、茶屋の手を固く握った。

彼は網棚から彼女の鞄を下ろした。

彼女は顔を伏せ、軽く頭を下げると、座席を立っていった。

彼はデッキまで彼女を見送らなかった。窓を見たが、彼女の姿は映らなかった。尚子は、もう茶屋と会うことはなかろうと言っているような去りかただった。

六章　殺人岬

1

茶屋は、南紀白浜空港を十五時二十分に発つ便で帰った。羽田までの所要時間は一時間五分。

彼は機内でずっと右手を握りしめていた。尚子の手の温もりを消したくなかったのである。

彼女は、「もう我儘《わがまま》を言わない」と決意するように言ったが、これからもたびたび我儘を言って欲しいと思った。彼女は彼を忘れようと努力するように見えたが、彼は忘れてもらいたくなかった。

茶屋は右手を握りしめたまま事務所に帰った。

「お帰りなさい」

「お疲れさまでした」

サヨコとハルマキが言った。現実が待っていたのだった。

彼は夢を振り払うように首をひと振りした。

「たったいま、串本の……」

サヨコが言った。彼女の口は、「緒形さん」と動きそうな気がした。「馬渕さんという方から電話がありました」

「馬渕さん……。ああ、読友新聞の記者だ」

「先生は間もなく帰ると言いましたら、また掛けるとおっしゃっていました」

「なんだろう？」

茶屋は馬渕の名刺を出して番号を押した。女性が応じて、馬渕は外出中だと言った。女性は彼の細君だ。

バッグからカメラを出しかけたが、着替えの下に押し込んだ。尚子を一枚撮っていることを思い出した。いつもはサヨコかハルマキに取材したフィルムの現像を委《ゆだ》ねるのだが、きょうはまずい。出来上がった写真を彼女たちが見るからだ。女性が写っていたら、誰なのかと訊かれる。ことにサヨコはうるさく追及する。取材というのは口実で、女性と会うのが目的ではなかったかと勘繰《かんぐ》るのはまちがいない。

ホテルの領収証も見られたくない。「人数」の欄に「2」と打ってあるからだ。料理や飲物の欄も「2」となっている。

電話が鳴った。ハルマキが受話器を上げた。

「馬渕さんです」

茶屋は受話器を受け取った。

「茶屋さん。大変なことが起きました」

馬渕は急《せ》き込むように言った。まさか尚子の身になにかあったのではないか。茶屋はとっさにそう思った。

「大変なこと……」

「きょうの午前中に、坂戸昌秀が死体で発見されたんです」

「坂戸が、死体で……」

誠子に惚れていた男である。

「どこですか？」

茶屋はメモを構えた。

「潮岬の林の中です。頭から血を流していました。撲殺《ぼくさつ》された可能性があることから、警察は遺体を詳しく検《しら》べることにしています」

男の遺体が発見されたのは、きょうの午前十一時ごろ。潮岬の遊歩道を歩いていた観光客が、急斜面の林の中に人間らしいものが倒れていると言って、携帯電話で一一〇番通報した。串本署員は現場へ駆けつけた。遺体は遊歩道から一五メートルぐらいのところに、頭を海のほうに向けて倒れていた。着衣のポケットを検べると、串本町内のコンビニエンスストアの領収書が入っていた。身元の分かる物がなかったので、警察は検視とともにコンビニの従業員を現場に呼んで遺体を見せた。従業員は坂戸を知っていた。そこで彼の実家に連絡した。父親と兄が現場へやってきて、昌秀であることを確認したのだという。

「坂戸は、東京にいたということでしたが、串本へ帰っていたんですか？」

茶屋は訊いた。

「一週間ぐらい前に帰ってきて、実家に寝泊まりしながら仕事をさがしていたということです」

「東京では、どこに住んでいたか、分かりましたか？」

「まだ分かりません。夕方の記者会見で発表があるかもしれませんが、なかったら身内の人に当たって、訊き出すつもりです」

「坂戸が死亡したのは、いつごろですか？」

「検視の結果では、きのうの夕方ではないかと言われています」

「外傷は頭だけですか？」

「いまのところ頭部の裂傷しか分かっていません」

六年前の十月、緒形誠子は潮岬の林の中で絞殺されていた。彼女を好きになり、プロポーズしていた坂戸昌秀が同じ潮岬で死亡した。撲殺された可能性があるという。

「坂戸は、緒形誠子が殺されていた場所で死んでいたんですか？」

「二人の遺体発見地点は、三〇メートルぐらいしか離れていません」

茶屋はこの前訪れた潮岬の風景を頭に浮かべた。周遊道路から海を向くと、芝生の広場がある。そこを越えると展望台があり、小さな売店がある。その真下には大岩があり、磯《いそ》釣りの場ともなっている。遊歩道は右に延びている。遊歩道をたどると対岸に潮岬灯台が見える。灯台を撮影するには絶好の場所である。

茶屋は馬渕との電話を切ると日記帳を開いた。重要なことのみ書きとめておくことにしている。

〔六月九日　紀伊勝浦より列車。南紀白浜より空路帰京。読友新聞・馬渕記者から電話。串本町の坂戸昌秀が潮岬で遺体で発見された。殺害されたもようという〕

彼は六月七日と八日の分も書いた。が、尚子のことにはまったく触れなかった。彼としては彼女のことを書きとめておきたかった。彼女が着ていた物や、持ち物や、表情や、二人でなにを食べ、なにを飲んだかも記録しておきたかった。それを書けないのは、サヨコやハルマキが読む機会があるからだった。彼女たちは日誌をつけていない。したがって彼の日記が後日のための覚え書きになるのだ。

「先生。元気がないみたいですけど、どこか悪くないですか？　顔色もよくないし」

帰り支度を終えたサヨコが訊いた。

「ちょっと疲れただけだ」

サヨコとハルマキは帰った。

茶屋は原稿を書きはじめた。二枚書いたところへ、馬渕から電話が入った。

串本署の記者会見で、坂戸昌秀が一週間前に東京から帰ってきたという発表はあったが、東京のどこに住んでいたかは不明ということだった。

「あしたの朝は、坂戸の遺体の解剖結果が発表されるはずです。私はこれから坂戸の身内に当たります。彼が東京でどこに住んでいたかが分かったら、お知らせします」

馬渕は興奮しているような話しかたをした。殺人を疑われるような事件を取材するのは、初めての経験なのではないか。

チャイムが鳴った。宅配便かと思って出ると、ハルマキだった。

「お夕飯のお弁当を買ってきました」

彼女は白い包みを差し出した。

「それはありがたい。食べに出なくてすむ」

「お茶を淹《い》れていきましょうか?」

「いや、自分でやるからいい。早く帰りなさい」

彼女は、「お先に」と言って帰った。

彼は十一時すぎまで仕事をした。尚子の影が何度も頭をよぎった。

彼女の店に電話した。呼び出し音が二回鳴って、尚子が応えた。

「先生……」

彼女はそう言ったきり、しばらく黙っていた。「掛けてくださったのね」

泣いているような声だったが、呼吸をととのえるようにして、

「わたしのためにご無理をしてくださって、ありがとうございました」

「店のほうは大丈夫でしたか？」

「マコちゃんが、なんとかやってくれたようです。先生にはお気を遣っていただいてすみません」

彼女は、あるいは茶屋からの電話を待っていたのではないか。

彼は、坂戸という男の遺体が潮岬で発見されたことは口にしなかった。彼女はあしたのニュースでそれを知るにちがいない。

彼は、あすの晩も電話すると言った。

「うれしい」

彼女は言ったが、会いたいとは言わなかった。

彼は、湯上がりの彼女の顔や長めの首や、汗を拭くしぐさを思い出した。暗い窓に映った浴衣姿も目に浮かんだ。

翌朝は雨だった。事務所に出るとすぐに馬渕記者から電話があった。

「坂戸昌秀はやはり殺されていました。遊歩道で殴《なぐ》られたあと、崖下へ突き落とされたか、あるいは突き落とされたあと殴られたとも思われるということです。腹に一か所、背中に二か所、棒

のような物で殴られた跡がありました。誤って転落して樹木に頭を打ちつけたとしたら、傷跡は一か所のはずです」

「凶器は見つかっていますか？」

「いや、まだです。たぶん現場付近に落ちていた木の枝で殴ったものと警察ではみています」

「死亡したのはいつごろですか？」

「一昨日、つまり六月八日の夕方と推定されました。空腹状態ですから、日没近くではなかったでしょうか」

「坂戸は、なんの目的で潮岬へ行ったんでしょうね？」

「分かっていません。彼は六月八日の午前十時ごろ実家を出ています。そのとき実家には母親がいました。彼は毎日出かけていたので、就職先をさがしに出かけたのだろうと母親は思ったようですが、七日の夜、彼に電話が掛かってきています。最初母親が出て、彼に代わったということです。ですから、誰かと会う約束がしてあったことも考えられます」

「七日の夜の電話は、男からですか、女からですか？」

「母親は、男からだったと言っています」

「母親は、名前を訊かなかったんでしょうか？」

「『昌秀さんをお願いします』と言われたので、名前を訊かずに取り次いだということです」

「母親は、電話を掛けてきた男の声を覚えていますか？」

「かすかに聞き覚えのある声だと、母親は答えているそうです。声の感じは中年ということです」

母親は、警察官の質問に、七日の夜電話を掛けてきた男は、昌秀の友だちではないような気がすると答えたという。

坂戸昌秀は、六月八日の午前中に実家を出ていったが、その日は帰宅しなかった。電話もなかった。家族は、どうしたのかと心配にはなったが、四十二歳の男のことであり、酒に酔ったかして、友だちの家にでも泊まったのだろうと思い、警察には届けなかったという。

「坂戸は、コンビニで買い物をしていましたね？」

「六月八日です」

「なにを買ったのか、分かっていますか？」

「領収書には、雑誌とキャンディとあります。私はそのコンビニで、彼がなにを買ったのかを聞き込みました。彼を知っていた店員の記憶では、就職情報誌と、のど飴《あめ》だったということです。のど飴は坂戸のズボンのポケットに入っていました」

馬渕は、和歌山支局から来た記者とともに、けさ、串本署の刑事の自宅を訪ね、坂戸が東京のどこに住んでいたかを聞き出したと言った。その住所は、墨田区東向島《ひがしむこうじま》だった。

その住所へは、たぶん読友新聞本社の記者が聞き込みに行っているだろう。馬渕は、新しい情報を摑んだら、また電話すると言った。

2

けさの新聞には、〔潮岬で男性の死体発見。他殺の疑いも〕という見出しの記事が載っていた。記事の締切り段階では身元が判明していなかったらしく、坂戸昌秀の名は書いていなかった。

「先生、残念でしたね」

茶屋の電話がすむのを待っていたようにサヨコが言った。

「なにが？」

「この前、先生が串本にいるあいだに事件が起きれば、それを書くこともできたのに」

サヨコは殺人事件が好きなのではないか。茶屋が事件に巻き込まれれば、もっとよろこぶ。事件関係者ではないかと警察からにらまれれば、小躍りする。

「坂戸は、緒形誠子といささかなり関係のあった男だ。今度の連載には彼のことも書くつもりだった」

「坂戸という人の事件も取材するんですね？」

「東京での坂戸の住所が分かった以上、一度はそこへ行ってみるつもりだ」

「串本へは行かなくていいんですか？」

「行く必要がありそうだな」

茶屋はメモを取るふりをして、サヨコのほうを窺《うかが》った。串本へ行けば、また尚子に会える。彼は東京の取材よりも、再度串本へ行くことを優先したかった。

警察は、坂戸が殺されたことと誠子の事件は関連があるとみるだろうか。そうみれば、尚子に事情を訊くのではないか。彼女はようやく姉の事件を忘れようとしていたのに、また悪い夢を見ることになりそうだ。

牧村編集長が電話をよこした。

「先生。けさの新聞をご覧になりましたか?」

「私は、どこへ行っても新聞を読まない日はない」

「では、潮岬で男の死体が見つかった記事も……」

「その男の身元も分かったし、殺害されたこともはっきりした」

「ほう。新聞に載っていないことまでご存じですか」

「そういうことは、すぐに私の耳に入ることになっているんだ」

「殺されたのは、いつですか?」

「六月八日の夕方らしい」

「六月八日というと、先生が勝浦へ行っているあいだですね?」

「そのとおりだ」

「串本へおいでになったんじゃないでしょうね?」

「今回は串本へは……。なにを言いたいんだね？」

「串本と勝浦は近いものですから」

「近いとどうなんだね？」

「いや、今度の『岬シリーズ』の連載も面白くなさろうとして……」

「なんだか、いやな言いかたをするじゃないか」

「肖像画に描かれた女性は、じつは六年前に殺されていた。そこまでは意外で面白いですが、事件は未解決で、犯人像も不明。それでは読者を苛々《いらいら》させるだけで、盛り上がりに欠けます。たとえば先生が取材先の串本で美人に出会い、ラブロマンスが生まれる。その女性は純心そうに見えたけど、じつは性格がよくなくて、先生は振りまわされる。そんな話でもでっち上げないと、連載がもたないんじゃないかと心配になっていたところです。先生にも当然それが分かっている。それで読者サービスのために、思いきった手に出てみた……」

「あんたは出版社に勤めているより、荒唐無稽《こうとうむけい》な推理小説でも書いたほうがいいんじゃないのか」

「いえいえ。先生のような方に刺激を与えているほうが、私には向いています」

「刺激もいい加減にしてもらいたい」

「先生の事務所のおねえさんも、私と同じことを考えていると思いますよ」

「私は忙しい」

茶屋は一方的に電話を切った。が、茶屋の行動の一部分を見すかされているような気がした。

「坂戸という人の住所へ出かけないんですか？」

茶屋が椅子《いす》を立ちそうもないとみてか、サヨコが言った。

「きょうは行かない」

「雨だからですか？」

「きょうは、串本の警察が聞き込みにきているはずだ。私が行ってもろくな取材はできないと思う」

茶屋は原稿用紙を広げた。彼はいまも手書きである。これをサヨコが打ち直す。それに彼が手を入れる。

「先生。お昼はやきそばでいいですか？」

ハルマキが立ち上がった。彼女の声を聞くと眠気がさしてきそうだ。

夕方、馬渕から電話があった。六月八日に坂戸を見かけたという目撃情報は皆無《かいむ》だという。同日、彼を見たと言ったのはコンビニの従業員だけである。その店へ坂戸は単独で来ている。そのあとか、あるいは夕方、誰かと会って、潮岬へ行ったのではないか。

「地元の人は、磯釣りでもしないかぎり潮岬へは行きません。ひょっとすると坂戸は、他所から来た人を案内したのではないでしょうか」

馬渕は言った。

「他所から来た人を案内したとしたら、潮岬か、潮岬灯台か、橋杭岩か、大島でしょうね」

警察では目撃者をさがして、観光地を重点的に聞き込みしているという。

東京からなにか情報が入ったかと茶屋は訊いたが、馬渕はまだなにも聞いていないと言った。

「この前、茶屋さんと一緒に行った小料理屋の『辻村』の女将に会いました。坂戸は、東京から帰ってきてから一回飲みに来たそうです。東京でなにをしていたのかと女将が訊いたところ、倉庫会社に勤めていたということでした。その会社の名は分かりません」

「坂戸は独りで店に来たんでしょうか？」

「独りだったそうです」

「誰かが遠方から訪ねてくるようなことは言わなかったでしょうか？」

「そういう話はしていなかったということです」

他所から訪ねてきた者がいたとしたら、それは突然のことだったのだろうか。


次の日、坂戸昌秀が住んでいたところへ出かけた。そこは住宅と小規模な事務所が入りまじっている一画だった。坂戸は木造二階建てのアパートに住んでいた。去年の十一月からだったことが家主の話で分かった。

「郷里へ帰って何日も経《た》たないうちに殺されたなんて……」

家主方の主婦は顔を曇らせた。きのう、刑事が坂戸の生活ぶりを訊きにきたという。

「坂戸さんは、独り暮らしでしたか?」

茶屋は訊いた。

「はい。前に住んでいたときも独りでしたよ」

「前に?」

「五年か六年前にも、同じアパートに半年ぐらいのあいだ住んでいたんです。部屋はちがいますけど。……去年十一月、坂戸さんから電話があって、空いている部屋はないかと訊かれました。ちょうど一部屋空いたところでしたので、それを言うと、また半年ぐらい東京に住むから貸してくれないかと言いました」

数日後に坂戸から荷物が送られてきた。身の回りの物を先に送ったのだった。荷物が届いて四、五日すると彼はやってきた。坂戸は前に住んでいたころより少し痩《や》せていた。アパートに入ると就職先をさがしていたが、すぐに見つかって、そこへ勤めはじめた。

アパートの家主は、坂戸が勤めていた倉庫会社を知っていた。それは墨田区内で、彼は警備員のような仕事をしていたらしいという。

「アパートへ訪ねてくる人はいましたか?」

「見たことはありません」

「どんな生活でしたか?」

「週に二回ぐらい夜勤があるらしくて、朝帰ってくる日がありました。午後まで寝ていて、夕方から出かけるところを見かけたこともあります」

「朝帰ってきて、夕方からまた仕事ですか？」

「仕事じゃないと思います。休みの日もたいてい出かけていきました」

「五、六年前も約半年、去年の十一月からまた半年あまり住んでいた。仕事以外のなにか目的があって東京に住んでいたのでしょうか？」

「それは知りません。和歌山にはいい仕事がなくて出てきていたんじゃないでしょうか」

「坂戸さんは地元の建設会社の社員でした」

「サラリーマンだったんですか。実家は漁業だと言っていましたが」

「漁業に就いているのは、お父さんとお兄さんです」

きちんとした会社に勤めていた者が、二度東京に出てきては半年ばかり住み、そしてまた郷里に帰った。

「五、六年前に出てきたときも、どこかに勤めていましたか？」

「たしか、工事現場で作業員をしていたようでした」

茶屋は、坂戸が勤めていた倉庫会社を訪ねた。それは鉄鋼材の倉庫で、ボディの長いトラックが二台停まっていた。せまい事務所には六、七人の男女がいた。彼が来意を告げると、度の強いメガネを掛けた長身の男が席を立ってきた。

男は坂戸の事件を知っていた。ここへも和歌山県警の刑事が聞き込みにきていた。

茶屋は週刊誌に書くために潮岬を取材していて、坂戸昌秀の名を知った。彼は六年前に殺された女性と交際のあった男だった、と話した。

長身の男は茶屋の話に興味を持ったらしく、椅子をすすめた。

坂戸は倉庫の警備員として採用されたが、正社員ではなかった。週に二回宿直があり、昼間は鋼板の搬出入にも従事していたという。

「真面目な男でした。初めての仕事だというわりには手ぎわもいいし、事故もありませんでした」

四十すぎなのに坂戸は独身だった。彼は、東京で働くのは初めてだと言った。なにか事情があって郷里から出てきたのではないかと会社ではみていた。

「ここに勤めている間に親しくなった社員の方はいないでしょうか？」

茶屋は訊いた。

「きのうも刑事さんに訊かれましたが、彼と親しくしていた者はいません。坂戸は無口な男で、昼食のときも同僚とはほとんど会話をしませんでした。私は何年か前に白浜へ行ったことがあったものですから、串本は白浜とは近いだろうと訊きましたら、『はい、わりに近いです』と答えただけでした。とっつきにくくて、暗い印象の男でしたよ」

「坂戸さんは、五、六年前に半年ぐらい東京にいたことがあります」

茶屋が言うと、それは知らなかった、と男は言った。

「辞めるさいの理由は、なんでしたか？」

「兄に串本へ帰ってくるようにと言われたということでした。兄は漁業をしていると話していました」

会社では、坂戸の私生活についてはまったく分からなかったという。

3

茶屋は事務所にもどった。三分と経たないうちに訪問者があった。

入ってきた二人の男の一人に茶屋は見覚えがあった。串本署の田西刑事だった。

「茶屋さんに伺いたいことがあります」

田西はそう言ってから、事務所の中を見まわした。立ち上がったサヨコとハルマキをじろりと見つめた。

「どうぞお掛けください」

茶屋はソファを指差した。

「便利な場所に事務所を持っているんですね」

田西は書棚に目を向けたまま言った。

ハルマキがお茶を出した。

「ありがとうございます」

二人の刑事は軽く頭を下げた。

「坂戸昌秀さんの事件のお調べで、東京へおいでになったんですね？」

刑事が話を切り出さないので、茶屋が言った。

「茶屋さんは、坂戸さんのことをなぜ調べているんですか？」

田西の質問は出し抜けだった。

「潮岬の取材の延長です」

緒形誠子について調べていたことは、串本のホテルで話したはずである。茶屋は週刊誌に書くためだと話したが、田西は納得できないような顔をしていたものだ。

「茶屋さんは串本で、緒形さんのことだけでなくて、坂戸さんのことも調べていましたね？」

「緒形さんの事件について調べているうちに、坂戸さんのことを耳に入れました。それで彼に興味を持つことになったんです」

「なぜ坂戸さんに興味を持ったんですか？」

「坂戸さんが緒形さんに好意を持ち、お茶を飲んだり食事を一緒にしていたことを知ったからです」

「それで、どんなことが分かりましたか？」

「緒形さんと坂戸さんが、深い関係ではないが付き合いをしていたことを知っただけです」

　田西よりいくつか若そうな刑事は、うすいノートにメモを取っている。茶屋が話すことをすべて書き取っているような手つきである。

「あなたはきょう、坂戸さんが住んでいたアパートの家主と、彼が勤務していた会社を訪ねている。彼が住んでいた場所をなぜ知っていたんですか？」

「串本から情報が入ったんです」

「串本から……。その情報はどういう筋からですか？」

「潮岬取材中に知り合った人からです」

「警察関係者ですか？」

「いいえ」

「誰からなのかを答えられないんですね？」

「答えないほうがいいと思います」

　田西は首を曲げ、顎を掻《か》いた。若いほうの刑事のペンがとまった。

「茶屋さんは、前から坂戸さんの東京の住所を知っていたんじゃないですか？」

「いいえ。今回知ったんです。……刑事さん。私がきょう、坂戸さんが住んでいたところと、勤めていた会社へ行ったのを、どうしてご存じなのですか？」

　茶屋は逆に訊いた。

「坂戸さんが住んでいたアパートの近くで、あなたの姿を見かけたんです」

それで尾行したというわけか。だから彼が事務所にもどるとすぐにやってきたのか。

「私たちには、あなたの行動が気になるんです。週刊誌に記事を書くと言って、六年前の事件や、坂戸さんのことをほじくって聞きまわっている。普通の旅行作家のやることではないように思われるんです」

「それが私流のやりかたですから」

田西はぎょろりとした目をしてから、二、三分黙っていた。茶屋への質問を考えているようだったが、

「念のために伺いますが、六月八日はこちらにおいでになりましたか？」

と目を光らせた。

「いいえ」

「どこにおいでになりましたか？」

「旅行中でした」

「旅行……。どちらへ？」

「勝浦です」

「紀伊の？」

「そうです」

二人の刑事は顔を見合わせた。

「紀伊勝浦へはいつから行かれましたか？」

「その日の私のアリバイが必要ですか？」

「必要です」

「なぜですか？」

「あなたは、坂戸さんと接触したがっていました。彼が東京のどこに住んでいるかをさぐっていた。旅行作家とは思えない行動をとっていた人です」

「勝浦へ行ったのは六月七日です」

田西もノートを取り出してメモした。

サヨコのパソコンを打つ手がとまった。茶屋と刑事のやり取りに聞き耳を立てはじめたようである。

「勝浦ではどこに泊まりましたか？」

「ホテル紀ノ島です」

「本名で宿泊されましたか？」

「勿論《もちろん》です」

「旅行の目的は、なんでしたか？」

「私は旅行作家です。旅行はすべて取材です」

「どなたかと一緒でしたか？」

刑事は痛いところを突いてきた。

サヨコとハルマキは、息を殺して茶屋の答えを聞いているようだ。

「単独です」

「ホテル紀ノ島には、いつまで?」

「二泊して、九日に帰りました」

「八日はなにをしておいでになりましたか?」

坂戸は六月八日の夕方殺害された。したがって勝浦にいた茶屋の行動が重要なのだろう。

「遊覧船に乗って、島めぐりをしました」

「何時から何時までですか?」

「ええと、午前十一時半ごろから一時間あまりです」

「それからどうされましたか?」

「勝浦駅の近くで食事をして、ホテルにもどりました」

「ホテルにもどられたのは、何時ごろでしたか?」

「午後二時半ごろだったと思います」

「二時半ごろ……。それからどこかへ出かけましたか?」

「ずっとホテルにいました」

「それをホテルの従業員は見ていますか?」

「あのホテルには風呂が七か所あります。そのうちの三か所をめぐっていました」

「あなたを知っている人にお会いになりましたか？」

「私の顔を知っている人に会ったかもしれませんが、私は気がつきませんでした」

「夕方まで、温泉のハシゴをしていたということですね？」

「ええ」

「夕食は、ホテルで？」

「そうです」

「それは何時からですか？」

「七時すぎでした」

「あなたが夕食を摂《と》られているのを、ホテルの従業員は見ているでしょうか？」

「夕食は個室でした。そこの係が料理を運んできましたし、私が頼んだ酒を二回持ってきました」

「係の名を覚えていますか？」

「そこまでは……」

「くどいようですが、もう一度確認します。六月七日と八日はホテル紀ノ島に宿泊された。八日は午前中から遊覧船で島めぐりをし、午後二時半ごろホテルにもどられた。そのあと七時すぎまでホテル内の温泉めぐりをしていた。温泉めぐりの間は、知っている人に会っていない。そうですね？」

「そのとおりです」

二人の刑事は目顔でうなずき合うと、椅子を立った。

刑事が帰ると、ハルマキがテーブルの湯呑みを片づけながら、

「先生は疑われているみたいだね」

とサヨコに言った。

「疑っているわりには、あっさりと引き揚げたわね」

サヨコの言いかたは茶屋の耳に意地悪そうに聞こえた。

4

サヨコとハルマキが帰り支度をはじめたところへ、また田西刑事らが訪れた。

「たびたびお邪魔をして、すみません」

田西は言うと、茶屋がすすめもしないのにソファに腰を下ろした。「さっきのことをもう一度伺わなくてはならなくなりました」

田西は皺《しわ》くちゃになったハンカチで額を拭くと、ノートを取り出した。さっきとは態度がちがっている。なんだかうすら笑いを浮かべているような顔である。もう一人の刑事は茶屋の顔をに

らみつけた。

「茶屋さん。正直に答えてくださらないと困ります。なにしろ私たちは重大事件の捜査をしているんですから」

茶屋ははっとした。刑事は紀伊勝浦の「ホテル紀ノ島」に茶屋の宿泊を確かめたにちがいない。

「お前たちは、早く帰りなさい」

こちらを向いて立っているサヨコとハルマキに茶屋は言った。が、二人は返事をしなかったし、動かなかった。刑事があらためてなにを訊きにきたのかを知りたそうである。

「茶屋さんが、六月七日と八日に、ホテル紀ノ島の山上館にお泊まりになったことは確かでした」

茶屋は無意識のうちに片手を胸に当てていた。田西の次の質問が予想できたからである。

「しかし、お独りではなかったですね」

「ええ。まあ……」

茶屋は曖昧《あいまい》な返事をした。サヨコたちのほうをちらりと見たが、彼女らはこちらを向いたまま根が生えたように動かない。

「あなたのアリバイを証明してくれる人がいるのに、なぜ独りで泊まったと言ったんですか？」

困ったことをずけずけと訊く刑事である。

「ちょっとさしさわりのある人でしたから」

「あなたは、六月八日の午後二時半ごろから七時すぎまで、館内の温泉をめぐっていたということでしたが、その時間帯はきわめて重要です。小規模な旅館ではないので、ホテルの従業員もあなたが温泉に入っていたことは分かりません。その時間帯になにをしていたのかを証明してくれるのは、一緒に泊まった人しかいません。同宿したのは、どこのどなたですか?」

茶屋は首を横に振った。

「答えられないんですね?」

「さしさわりがありますから」

「答えていただかないと、六月八日午後のあなたのアリバイはないにひとしいと、私たちはみますよ」

刑事は高圧的になった。

「私は、まちがいなくホテルにいました。それ以上のことは答えられません。六月八日の午後、私が館内で湯めぐりしていたのを見た人がいるかもしれません。ホテル紀ノ島へおいでになって、聞き込みされたらどうですか」

「ホテルへは、ほかの捜査員が向かっています。八日午後のあなたの行動が明白にならなかった場合、あなたは不利になりますよ」

「どんなふうに?」

「さっきも言ったでしょ。あなたは坂戸昌秀さんの東京の住所を知りたがっていた。坂戸さんに会う必要があった。彼に会って、どうするつもりだったんですか？」

「緒形誠子さんのことを聞きたかったからです」

「なぜ、彼女のことを？」

「彼女は殺されたからです」

「坂戸さんに会えば、彼女の事件の真相が分かるとでも考えたんですか？」

「真相は分からなくても、彼女がどんな女性だったかを聞くことができると思いました。それと……」

「それと？」

「坂戸さんは、彼女が殺されてから二度、東京へ行っています。彼はある人に、東京で誰かをさがすつもりだと話していました。彼がさがそうとしたのは、あるいは緒形さんの事件に関係している人物だったかもしれません。私はそれに気づいたものですから、坂戸さんに会いたかったんです」

「坂戸さんは、私たちにはそんなことを一言も話していなかった」

「警察には話したくなかったんじゃないでしょうか」

「なぜでしょう？」

「坂戸さんは、緒形さんと親しくしていました。彼女からいろんなことを聞いていたと思います。彼女が殺されたあと、彼は彼女が話していたことを思い出してみた。彼女の話をつなげているうち、あることに気がついた。それで上京する気になったのではないでしょうか」

「あることとは、どんなことですか？」

「彼女を殺した犯人に結びつくことだったのではないでしょうか」

「坂戸さんは、単独で調べようとしたというんですね？」

「彼は緒形さんを、一緒になりたいくらい好きでした。彼は自分の手で彼女を殺した犯人を見つけ出したいと考えていたのではないでしょうか。最初に上京したときは手応えを得られなかったが、二度目の上京で重要な手がかりを掴んだことも考えられます。それが仇《あだ》になって、今回の事件が起きたとも推測できるのでは」

「坂戸さんが東京にしばらく住んでいたということは、緒形さんの事件関係者が、東京かその周辺にいるとみたんですね？」

「私はそう考えています」

「あなたは想像力が豊かですね」

「職業柄、そういう癖《くせ》がついていますから」

田西は鼻で笑うような表情をした。

「もう一度伺います。一緒に勝浦のホテルに泊まったのはどなたですか？」

刑事は、茶屋の同宿者が女性だということは掴んでいるだろう。が、それは口にしなかった。

サヨコとハルマキの手前をいくらかは考えているようだ。

茶屋は、その人の名は言えない、と繰り返した。もしも彼が尚子の名を口にしたら、刑事たちは目をむくにちがいない。尚子が、緒形誠子の妹だとサヨコとハルマキが知ったら、なんと言うか。

「しかたありませんな」

田西は腰を上げた。若いほうの刑事は茶屋をにらんだまま立ち上がった。

「またお邪魔することになるでしょうな」

田西は、ドアのノブに手をかけてから振り返った。

サヨコが二、三歩寄ってきた。彼女は白いバッグを胸に押しつけている。

「わたしたちをだましたのね」

彼女は眉を吊《つ》り上げた。

「人聞きの悪いことを……」

「ホテル紀ノ島に一緒に泊まったのは、女でしょ？」

茶屋は頭を掻《か》いた。

「とぼけてないで、はっきり言ってちょうだい」

まるで古女房のようである。

「女にきまってるじゃない」

ハルマキだ。

「どこの誰なの？」

「お前たちには関係ない」

「どこで知り合った女なの？」

「前からの知り合いの人だ」

「前から……。先生にはそういう人がいたのね？」

「ちょっとした知り合いだったんだ」

「ちょっとじゃないでしょ。一緒に二泊もしたんだから。……串本だけじゃ範囲がせますぎるから勝浦を書くなんて言って出かけたけど、取材というのは口実で、ほんとは女と泊まるのが目的だったのね？」

「目的は取材だ」

「悪いことって、バレるものなのね」

ハルマキは小さな声で言った。彼女はなにがあってもサヨコのように甲高《かんだか》い声は出さない。

「ここには三人しかいないんだから、隠しごとをすると長持ちしないわよ。……牧村さんに言いつけてやるから」

サヨコはこめかみに青筋を立てて電話を掛けた。牧村に言いつけるというのは脅しではなかった。

「うちの先生は、大嘘つきなんですよ」

サヨコは牧村に言っている。串本の刑事が二度訪ねてきたこと、茶屋が坂戸殺しで疑われていること、坂戸が殺された時刻のアリバイ証明ができないことなどを、サヨコは早口で喋《しゃべ》った。

「茶屋次郎は紀伊勝浦へ女と一緒に行ったんです。取材じゃありませんから、『女性サンデー』は取材費を払うことはないです。プライベートな旅行です。刑事に何回も訊かれたのに、一緒に行った女が誰かを答えませんでした。たぶん相手とは不倫の関係でしょう。相手も相手です。夫や子供がいるというのに……」

彼女は勝手な推測をまじえてペラペラと喋った。

「牧村さんが、先生に代わってって」

サヨコは受話器を茶屋の顔に突き出した。

「先生もやりますね」

牧村は笑っている。

「あんたまでなにを言う」

「いいじゃないですか。面白いじゃないですか。相手の女性がどこの誰かは、いまは言えないでしょうが、あとで話してください。おねえさんはカンカンですが、うちは先生に勝浦ゆきの取材費を払います。そのかわり今回の『潮岬』には、先生と浮気した人妻のことも入れてください」

「早呑み込みしないでくれ」

「色気のあるいい女性にしてくださいよ。歳は三十七、八がいいですね。成熟した魅力を出してください……ところで、串本の警察が先生に疑惑を抱いているというのは、ほんとですか？」

「刑事は本気らしい」

「そりゃいい。先生は大いにキリキリ舞いしてください。読者は先生の味方ですから、追いつめられた先生がどうやって窮地を脱するかを、はらはらしながら読みますよ。先生どうですか、敵地に乗り込むつもりで、もう一度串本へ行かれては？」

「行きたいと考えていたところだ。現地の新聞記者がある程度の情報を入れてくれるから、それとあわせて私は独自に動いてみたいんだ」

「そうしてください。今回も先が楽しみです」

牧村は茶屋が、坂戸殺しの容疑者としてマークされるのを期待しているのではないか。

サヨコとハルマキは、「お先に失礼します」と言わずに事務所を出ていった。いったん閉まったドアが開いて、サヨコが顔をのぞかせ、

「嘘つきっ」

と言い、手荒くドアを閉めた。

5

午後十一時になるのを待って、尚子に電話した。

「お客さんは？」

茶屋は訊いた。

「誰もいません。三十分前から、先生の電話を待っていました」

そう言ったのに彼女の声には弾みがない。「わたし怖くて……」

「坂戸さんがあんなことになったからですね？」

「きのうもきょうも、刑事さんが来ました」

「どんなことを訊かれたんですか？」

「姉と坂戸さんの関係を、根掘り葉掘り……。わたしは坂戸さんに会ったこともないし、姉から名前を聞いていただけです」

「警察は、誠子さんの事件との関連を疑っているようですか？」

「そうではないかと思います。刑事さんは、うちの店のお客さんのところへも行っています」

商売にも響きそうだと彼女は言いたげだった。

茶屋はあす、串本へ行くと言った。

「そうんなに早く……」

彼女は茶屋が取材で来るとは思っていないようだ。

彼女も取材だと言わなかった。声を聞けば会いたくなるのだと言った。

「店に来ていただきたいけど、おいでにならないほうがいいと思います。刑事さんがうちに出入りする人を見ているような気がするんです。先生にご迷惑がかかってはいけませんので」

「そう。では夜、ホテルで待っています。あなたは刑事に尾行されるようなことはないでしょうか?」

「それはないと思います。気をつけて家を出るようにしますけど」

いつものように彼女は、「お寝《やす》みなさい」と細い声で言った。

茶屋は、翌日午後二時に南紀白浜空港に着いた。風がやや強いが空は澄んでいて陽差しは強い。

彼はけさ、事務所に顔を出した。ハルマキは彼を見ずに、「お早ようございます」と小さな声で言ったが、サヨコは一言も口を利《き》かなかった。これから串本へ行くと言ったが、二人とも返事をしなかった。一日か二日経てば二人の機嫌は直るだろう。

空港から馬渕記者に電話すると、彼は通信部で待っていると言った。

通信部には和歌山支局から来た記者がいたが、その男は茶屋と名刺交換するとすぐに出かけた。

「ゆうべ、坂戸昌秀の実家を訪ねて家族に会いました。父親と兄はむっつりしていましたが、母親が取材に応じてくれました」

去る六月七日の午後七時半ごろ、家族で夕食を摂《と》っているところへ電話が掛かった。母親が出ると、「昌秀さんをお願いします」と男が言った。母親は相手の名を訊かずに受話器を昌秀に渡した。昌秀は、「はい、分かりました」と答え、二、三分で電話を切った。昌秀に電話を掛けてよこした男の言葉にはこの地方の訛《なまり》がなかったという。

「何歳ぐらいの男かの見当がついたでしょうか？」

茶屋は馬渕に訊いた。

「母親は、五十代ぐらいの人だったと思うと言っています」

「母親は、男の声の特徴を覚えていましたか？」

「太い声で、ゆっくり話す人だったと言っています」

「坂戸家へ何度も電話を掛けたことのある男ではないですね？」

「母親は、かすかに聞き覚えのある声だと言っています」

その夜の昌秀の電話の応答では、次の日に男と会う約束をしていたようだという。

坂戸は、六月八日の午前十時ごろに実家を出ていった。十時半ごろコンビニで雑誌とのど飴を買った。雑誌は就職情報誌だったらしい。

コンビニで就職情報誌を買っていることから、彼は実家を出た直後に前夜に電話をよこした男と会ったのではないらしい。男と会う約束をしたのは午後だったのではないか。

「いまごろになって、注目すべき情報が一件入ってきました」

馬渕はノートを開いた。

「坂戸に関することですか？」

「緒形誠子に関することです。彼女が殺された日、彼女は休みだったんです。その日の午後、彼女はこの前、茶屋さんがお泊まりになった南紀串本ホテルのラウンジで、中年の男とお茶を飲んでいたそうです」

「それを見たのは誰ですか？」

「以前、南紀串本ホテルに勤めていた女性です。その女性は結婚して、ここから車で十分ぐらいのところに住んでいますが、実家は大島です。六年前は大島の実家にいました。誠子とは親しくはなかったけど、顔は前から知っていたんです」

「なぜいまごろになって、六年前のことを思い出したんでしょうか？」

「そのころ、身辺にいろんな事情があったので、事件にかかわりたくなかったそうです」

「誠子がホテルのラウンジで会っていた男は、何歳ぐらいだったか、その女性は覚えていましたか？」

「四十半ばではなかったかと言っています」

「馬渕さんは、その女性にお会いになったんですね？」

「刑事から彼女のことを聞いて、きのう会いに行きました。中林孝子《なかばやしたかこ》という三十三歳の主婦です」

茶屋は彼女に会いたくなった。それを言うと、馬渕が車で案内すると言った。

茶屋は馬渕の運転する車に乗った。まず南紀串本ホテルへ寄って、チェックインした。宿泊カードに署名しているうち尚子の顔が浮かんだ。彼女は深夜にこのホテルへやってくることになっている。

中林孝子の家は船具を扱う商店だった。彼女は、茶屋と馬渕を見ると、裏口から住まいへとおした。顔だちはととのっているが、肌は浅黒かった。

「たびたびすみません」

馬渕は頭を下げた。

「こういうことになりそうだと思ったものですから、六年のあいだ緒形さんを見たことを誰にも話さなかったんです」

彼女はわずかに眉間を寄せた。

茶屋が質問することにした。

「六年前の十月のその日、あなたはホテルのラウンジで緒形さんを見かけたということでしたね?」

「そのころわたしは、南紀串本ホテルのレストランに勤めていました。昼間はラウンジを受け持つこともありました。緒形さんが男性と入ってきたとき、わたしはラウンジにいました」

「緒形さんたちが注文した物を運んだのは、あなたですか?」

「わたしはレジにいました。すぐに緒形さんだと分かったものですから、二人の姿を見ていました」

「緒形さんとお茶を飲んでいた男性は、六十半ばではなかったですか?」

「そんなに年配の人ではありません。四十半ばといったところでした」

「その男性の顔つきとか体格を覚えていますか?」

「とても特徴のある人でした。四角ばった顔の、がっちりしたからだつきでした」

茶屋は彼女の答えをメモした。

「二人は、どのぐらいのあいだラウンジにいましたか?」

「一時間ぐらいではなかったかと思います」

「二人のようすで、初めて会った人か、それとも親しい間柄かの見当はつきましたか?」

「親しそうという感じではなかったような気がします。わたしの記憶はだいぶうすらいでいますが」

「男性は南紀串本ホテルに泊まっていたのでしょうか?」

「そうではなかったようでした。刑事さんからも、そこが肝心《かんじん》だと言われましたが、よく覚えていません」

「二人はお茶を飲んでからどうしましたか？」

「一緒に出ていきました」

「その日、緒形さんは休みだったということです。彼女の服装を覚えていますか？」

「忘れました。目立たない物を着ていたような気がしますが」

彼女は懸命に思い出そうとしてか、首を傾げながら答えた。

「男の人が四十半ばだったというのは、まちがいありませんね？」

茶屋は念を押した。

「そのぐらいでした。あっ、思い出しました。男の人は髪を長くしていました」

「四十代半ば見当で、四角ばった顔でがっちりしたからだつき。髪は長め」

茶屋はメモを読んだ。

読友新聞の通信部にもどった。和歌山支局から来た記者が記事を書いていた。

「六月八日の午後五時すぎ、坂戸らしい男を見かけたという目撃情報がありました」

記者は串本署の捜査本部で聞いてきたことを言った。

目撃者は潮岬展望タワーの女性従業員だった。彼女は八日の午後五時ごろ、潮岬の売店へみやげ物を届けに行った。売店の女性従業員と十分ぐらい立ち話をしていたのだが、そのとき潮岬展望台に男が二人立っていた。一人は四十少しすぎぐらいで白っぽい半袖シャツを着ていた。もう一人は五十すぎぐらいの年齢で、二人は海を向いて話をしているふうだったという。

「四十代の男は坂戸昌秀だったでしょうか？」

茶屋が記者に訊いた。

「小肥りで、そう背の高い人ではなかったといいますから、体格は坂戸に似ています」

「五十代の男の特徴はどうでしょうか？」

「うすい色のジャケットを着た、肩幅の広い人だったということです」

「展望タワーの従業員の名前は分かっていますか？」

「鳥海《とりうみ》という姓です」

「その人に会いましょう」

茶屋が言うと、馬渕はうなずいた。

鳥海という女性従業員は四十歳見当だった。主婦のようである。彼女は勤務を終えて帰り支度をしていた。

馬渕は彼女を、自分の車の中に誘い入れた。

彼女はきょう、聞き込みにきた刑事に、「六月八日の夕方、潮岬展望台に立っていた二人の男を見た」と話したのだった。刑事から話を訊かれているうちにそのことを思い出したという。

馬渕は、坂戸の写真を鳥海に見せた。彼女は刑事からも写真を見せられたが、

「この人かどうかは分かりません」

と言いながら、あらためて写真を見ていた。

「この人よりも、連れの人のほうが特徴がありました」

彼女は写真を馬渕の手に返した。

「どんなふうにですか？」

馬渕は運転席でからだをよじった。

「五十をちょっと出ているぐらいの歳格好で、がっちりした体格をしていました。それから肩にとどきそうなほど髪が長かったのを覚えています。岬は風が強いので、長い髪を押さえていました」

がっちりした体軀で髪が長い——茶屋はノートのメモを見直した。中林孝子が南紀串本ホテルのラウンジで見た男と共通している部分がある。中林の記憶では、誠子とともに喫茶をした男の年齢は四十半ば見当だったという。それから六年が経過している。

「鳥海さんは、売店の方と十分ぐらい話をしていたということですが、売店の方も、展望台に立っていた二人の男を見ているでしょうね？」

「見ていなかったそうです。そのときわたしは海のほうを向いていましたし、彼女は反対側を向いていたので、展望台のほうは見なかったんです」

串本署の捜査本部は、鳥海の目撃談を重視していることだろう。彼女が見た二人連れの一人が坂戸だったとしても、もう一人の男の身元を割り出すのは困難ではなかろうか。

刑事は毎日、鳥海に会いにきて、六月八日の夕方のことを、「もっと思い出せ。もっと思い出せ」と、首を絞めるように訊くにちがいない。

茶屋は事務所に電話した。

「お疲れさまです。今度は先生、独りですか?」

ハルマキだ。

「独りに決まってるじゃないか。サヨコはちゃんと仕事をしているか?」

「していません」

「どうしたんだ?」

「頭が痛いって言って、ソファで横になっています」

「まだ機嫌が悪いのか?」

「そうとう悪いです」

ハルマキにも口を利《き》かないという。

七章　騒ぐ断崖

1

深夜十一時半、尚子はホテルにやってきた。提《さ》げてきた布袋を床に置くと、茶屋の腰に腕をまわして顎を反《そ》らせた。

「こんなに早くお会いできるなんて、思っていませんでした」

彼女はあえぐような言いかたをした。

彼は彼女をベッドに倒した。シャツのボタンに手をかけた。彼女はなんの抵抗もせず彼のなすがままにしていた。

三十分後に二人は起き上がった。

彼女の持ってきた酒を注ぎ合った。

「わたし怖くて……」

姉が殺され、六年後に姉と親しくしていた坂戸が殺されたからだろう。昨夜も、一昨夜もよく眠れなかったと言って、彼の手を摑んだ。

「けさ方、妙な夢を見ました」

今夜の尚子は酒がすすまないようだ。

「どんな?」

「姉が例の肖像画を持って、わたしの部屋に入ってきました。わたしはなにか言ったような気がしますが、姉は絵を置いて、黙って部屋を出ていきました」

尚子は寝床に起き上がって、夢を思い返したという。

「あの肖像画を……」

茶屋はつぶやいた。そう言ったとたんに、袋田和三郎の行きつけだった「幸夜」という両国の小料理屋の女将の言ったことを思い出した。

それは十年ほど前のことだった。和三郎がいつものように小座敷で飲んでいると、男がやってきた。その男は画家だった。和三郎に依頼されて、誠子の肖像画を描いた人だった。画家は肖像画が完成したので和三郎に届けにきたのだ。女将はその絵を見せられた。一目見て、和三郎が何度か店に連れてきた女性だと分かった。その女性は事情があって郷里の和歌山へ帰ったことを、和三郎から聞いていた。

画家は四十ぐらいの歳格好で、四角ばった顔の、がっちりしたからだつきの人だった。髪を長く伸ばしていたのを女将は記憶していた。

女将の記憶を茶屋はいま思い出した。きょう会った中林孝子と、潮岬展望タワーの鳥海が見た男に、誠子の肖像画を描いた画家が似ているような気がしたのである。

六年前の十月、誠子が殺された日の午後、髪を長く伸ばした四十半ばの男は、茶屋が泊まっているこのホテルのラウンジで誠子とお茶を飲み、二人でホテルを出ていった。坂戸が殺された日の夕方、彼は髪の長い男と潮岬展望台に立っていた。誠子と坂戸が殺された日に、髪の長い男は串本に現われている。これは偶然とは思えない。

茶屋は、肖像画を描いた男と誠子の結びつきを考えた。

肖像画は和三郎が依頼した。彼は自分が撮った写真を持って、絵にしてもらいたいと頼んだことはまちがいない。画家は写真をもとにして誠子を描いた。それだけなら誠子と画家は接触していない。和三郎は、自分とどういう間柄の女性なのかを画家に話したかもしれないが、画家は彼女に面識がないはずだ。

誠子が殺された日、彼女とホテルで喫茶したのが画家だったとしたら、どういうことが考えられるか。

もしかしたら画家は、和三郎を介《かい》して誠子に直接会ったのではないか。和三郎から写真を見せられたが、モデルに会いたいと画家が言ったとしたら、和三郎は誠子を画家に会わせたのではないか。しかしそれは十年ほど前のことである。誠子と髪の長い男が会っていたのは約六年前だ。男の年齢は四十半ばぐらいだった。

約六年経過し、去る六月八日に坂戸と会っていた長い髪をした男の年齢は五十すぎだったという。その男は六年前、四十半ばだった。「幸夜」の女将が記憶している画家は四十歳見当。それは約十年前のことである。年齢の推移から言って、画家と、六年前に誠子が会っていた男と、つい先日、坂戸が会っていた男は同一人物ではないかという気がする。

「先生」

尚子に言われて茶屋はわれに返った。

「今度は、串本にいつまでいられるんですか？」

彼女は茶屋のグラスに酒を注ぎ足した。

「いま、誠子さんが災難に遭った理由を考えていたんですが、思いついたことがあります」

「どんなことをですか？」

「東京で調べてみたいことをです」

「あした、お帰りになるんですか？」

「そうします。でも、またすぐに会いにきます」

尚子は小さく顎を引くと、茶屋の膝にのった。額を彼の胸に押しつけていたが、決心したように立ち上がった。自分の使ったグラスを洗い、ベッドの乱れを直すと、「お寝《やす》みなさい」と言って、布袋を提げ、背中を向けた。誰に対しても、過剰な期待をしてはいけないと自らに言いきかせているようだった。

茶屋は朝の便で帰ることにした。空港から事務所に電話した。ハルマキが出たが、サヨコを呼んだ。

「お早ようございます」

サヨコの機嫌は悪くないらしい。

茶屋は、東京都内と近郊の文化団体の所在地を調べるようにと指示した。こういう仕事はハルマキの手には負えない。

「調べておけばいいんですか？」

「いくつもあると思う。とにかく調べておいてくれ」

午後一時ごろには事務所に着ける。

文化団体の名と所在地が分かったら、そこへ問い合わせの手紙を出す。その文面を茶屋は飛行機の中で考えた。

「貴団体に〝E.SHINSUKE〟に該当《がいとう》する画家の方が所属しておいでしょうか。いらっしゃいましたら、フルネームをお教えくださるようお願いいたします」とすることにした。

各地の文化団体に当たってみたらどうかとヒントを与えてくれたのは、彼の知人の山辺勉である。

「きのう発って、きょう帰ってくるなんて、今回はずいぶん早かったですね」

事務所に着くとサヨコが言った。彼女は、「今回は」というところに力を入れた。

サヨコは、図書館で文化団体の名簿をコピーしてきていた。

茶屋は彼女に手紙を打たせた。約三十か所に発送することになった。


その問い合わせに対する回答は案外早くあった。

千葉県柏《かしわ》市の文化団体から、「当美術会会員に、海老沢真輔《えびさわしんすけ》が所属していますが、お問い合わせの方に該当しますかどうか」と、また東京都武蔵野《むさしの》市の美術研究会からは、「枝吉信助《えだよししんすけ》という会員が所属している」という回答があった。

柏市の海老沢真輔と武蔵野市の枝吉信助の住所と電話番号は電話帳で分かった。

二人がどんな人間かを調べることにした。年齢と体格を知れば、緒形誠子を描いたのがどちらであったかが分かるだろう。

茶屋はまず、海老沢真輔を内偵することにした。

海老沢の住居は公営マンションだった。近隣に聞き込みしたところ、彼の年齢は四十半ばで、高校教師だという。瘦身《そうしん》で背が高く、メガネを掛けていることが分かった。「幸夜」の女将の記憶にある画家とは年齢も体形も異なっている。〝E.SHINSUKE〟は現在五十代であるはずだ。

茶屋は武蔵野市で枝吉信助の住所をさがし当てた。それは古い木造二階建てだった。木塀に囲まれていて、塀の上から庭木の枝がのぞいていた。門には「絵画教室」の看板が出ていた。その家の前を茶屋が行ったりきたりしたからか、犬が吠《ほ》えた。
三、四軒離れた家の主婦に、枝吉信助の年齢を訊いた。五十二、三歳だろうという。
体形を訊いた。

「背は高いほうではありませんが、肩幅の広い胸板の厚い人です。四角ばった赤ら顔をしています」

「幸夜」の女将と、串本の中林孝子の記憶に合っている。潮岬展望タワーの鳥海の証言とも一致する。

「髪を長くしていますか？」

「肩にかかるくらい長い髪をしていましたが、二、三日前に会ったときは短く刈って、小ざっぱりしていました」

「門には絵画教室の看板が出ていますが、自宅で絵を教えているんですね？」

「大学か短大の講師をしているという話を聞いたことがありますが、日曜日には、小学生か中学生ぐらいの子供が習いにきています。画家ですから当たり前ですが、近所の人の話では、とても絵が上手くて、美人画を得意にしているということです」

「肖像画も描くでしょうね？」

「描くでしょうね、見たことはありませんが」

誠子を描いたのは枝吉にちがいない。

どんな男かと主婦に訊くと、変わり者で、近所の家とはほとんど付き合いがないという。枝吉には妻と娘が二人いたが、三、四年前から妻と娘の姿を見なくなった。上の娘は二十四、五歳だから結婚したことも考えられるが、まったく姿を見せない。

「奥さんとは別居しているのでしょうか？」

「たぶんそうだと思います。一日おきぐらいに五十半ばのお手伝いさんらしい女性が通ってきています」

「枝吉さんは、学校の講師をしているということですが、自宅でも仕事をしているのでしょうか？」

「そのようです。朝と夕方、犬を連れて散歩している姿をよく見かけます。道で出会って、わたしが頭を下げても、枝吉さんは挨拶をしたことがありません。近所の人も同じことを言っています。ですから変わり者の評判があるんです」

茶屋は、枝吉信助の自宅を張り込んで、彼を撮影することにした。

2

枝吉信助の写真が出来上がってきた。全身を撮ったのもあるし、顔をアップでとらえたのもある。脂気《あぶらけ》のないボサボサの髪をしているが、長く伸ばしてはいなかった。眉が濃く、目が大きく、唇の厚い醜男《ぶおとこ》である。近所の人が言っていたとおり顔色は赤黒い。身長は一七〇センチあるかないかだが、肩幅が広くてがっちりしている。犬を連れて歩いていたが蟹股《ガニマタ》だった。シャツもズボンも靴も黒である。

茶屋は写真を持って両国の小料理屋「幸夜」を訪ね、女将に会った。

「ああ、この前おいでになった茶屋さん」

女将は愛想よく彼を迎えた。

「見ていただきたいものがあります」

茶屋はそう言っただけで、写真を女将の掌にのせた。

「どなたかしら？」

彼女の答えは茶屋の期待を裏切った。顔をアップに撮ったのを見せたが、彼女の首は傾いたままだった。

「袋田和三郎さんに頼まれて、緒形誠子さんの肖像画を描いた人ではありませんか？」

「あのときの……」

彼女は写真をじっと見ていたが、「あのときの画家の先生は、もっと体格のいい方だったような気がします。長い髪をしていましたし」

「似ていませんか？」

「似ているような気もしますけど、別人のようでもあります」

画家が肖像画を持ってこの店へ現われたのは十年ほど前だったという。そのころの枝吉はいまよりも肥《こ》えていたのではないか。

茶屋はがっかりした。写真を見たとたんに女将は、「この方です」と言うものと思い込んでいた。

事務所にもどると、知り合いのイラストレーターを招《よ》んだ。日本酒なら一晩中でも飲んでいられると豪語した女性である。

彼女に枝吉の写真を見せ、

「この男をもう少し太らせ、肩にかかるくらい髪を伸ばした似顔絵を描いてくれないか」

と言った。

「お易《やす》いご用です」

彼女は男のような言いかたをし、鞄から筆記用具を取り出した。

茶屋とサヨコとハルマキは、彼女のそばを離れた。

イラストレーターは応接用のテーブルに俯《うつむ》いた。二、三枚用紙を無駄にしたようだが、小一時間経つと、

「これでどうでしょう」

と言って、上体を伸ばした。

「うまい」

サヨコが言う。

ハルマキは呆《あき》れたように口を開けた。

「みごとな出来だ」

茶屋はほめた。

枝吉の目鼻立ちはそっくりだが、写真より頰がふくらんでいる。顔の大きな男といった感じになっている。蓬髪《ほうはつ》は肩にかかるくらいの長さである。

次の日の夕方、茶屋は枝吉の写真と似顔絵を持って、「幸夜」の女将を訪ねた。

「似ています。この方だったような気がします」

女将は似顔絵を手にして答えた。

茶屋は自信を持った。すぐにも串本へ飛んでいきたかった。

翌朝は早起きした。朝の便で南紀白浜に着いた。

昨夜、尚子に電話したのは勿論である。

列車で串本に着き、読友新聞通信部で馬渕記者と落ち合い、二人で中林孝子を自宅に訪ねた。

彼女はきょうも機嫌のよくなさそうな表情をしていた。

枝吉の写真を見せた。

「四角ばった顔は似ていますが、感じがなんとなくちがうような気がします」

「これを見てください」

茶屋は似顔絵を出した。

「似ています。髪はこんな感じでした」

彼女は写真と似顔絵をしばらく見くらべていた。似顔絵のほうが六年前にホテルで見た男に似ているようである。

今度は潮岬展望タワーへ向かった。みやげ物コーナーの従業員鳥海を物陰に招んだ。

まず枝吉の写真を見せた。

「顔は似ているような気がします」

似顔絵を見せると、髪の感じはそっくりだと答えた。

彼女は、「この人にまちがいありません」とは言わなかったが、茶屋は手応えを得た。

通信部にもどると馬渕と話し合った。

「捜査本部に写真と似顔絵を見せ、枝吉信助を割り出した経緯を説明しますか?」

馬渕が言った。

「いや、私はここまでやったんですから、枝吉に直接会ってみます。彼が緒形誠子と坂戸昌秀を殺した犯人かどうか、会っての感触で分かるような気がします。警察に話すのはそれからにしたいんです」

茶屋は、田西刑事のずんぐりしたからだつきと、白目の黄色い顔を思い浮かべた。田西刑事は、サヨコとハルマキの前で、茶屋が紀伊勝浦のホテルに二人で宿泊したことを喋った男だ。二人で宿泊したと聞いたサヨコとハルマキは、すぐに茶屋が女性と泊まったのだと勘づいた。田西は茶屋と同宿した人の名を教えろと迫った。教えないと坂戸殺しの被疑者とみるようなことも言った。

茶屋はホテル紀ノ島に一緒に泊まった尚子のことは誰にも話せない。彼女は六年前に殺された誠子の妹だからだ。尚子のほうも彼との関係を誰にも知られたくないだろう。

「二人を殺したかもしれない人間に、単独でお会いになって、大丈夫でしょうか?」

馬渕は心配顔をした。

「危険を感じたら、深追いはしないつもりです」

枝吉が誠子と坂戸を殺したという証拠はどこにもない。二人を殺害する動機も分かっていない。少なくとも茶屋は摑んでいないのだ。茶屋が枝吉に会って、誠子と坂戸殺しを追及したとしても、彼は白状しないだろう。

しかし茶屋は枝吉に会うつもりだ。枝吉がどんな人間で、茶屋の話をどんな顔をして聞くかに興味があった。

茶屋はきょうも南紀串本ホテルに泊まった。

尚子は深夜に忍んでくることになっている。

午後十一時になった。間もなく彼女が訪れるかと思うと落ち着かなくなった。ビールを飲みながらテレビドラマを観ていた。ドラマが終わった。彼はテレビを切った。ホテルは静まり返っている。カーテンの端を摘《つま》んで外を眺めた。港の灯がチカチカと明滅していた。大島の島影も、くしもと大橋も見えなかった。車のライトが道路を掃《は》いていく。眼下を列車がゆっくりと通過した。

チャイムが密《ひそ》やかに鳴った。

尚子は灰色の帽子をかぶっていた。シャツとパンツは黒だった。今夜も布袋を提げていた。その中には茶屋と二人で飲む酒が入っているのだった。

彼女は布袋を床に置き、帽子を脱いで捨てるようにベッドに置くと、彼の腰に腕をまわした。

「十日ぶりです」

そう言って両腕に力を込めた。

彼はしばらく彼女の髪の匂いに酔っていた。

二人はグラスに酒を注ぎ合った。

「あなたは、エダヨシという名に覚えはありませんか?」

「聞いたことのあるような名です」

彼女は髪に手を当てていたが、「思い出しました。わたしが大島の実家へ行ったとき、エダヨシという男の人から電話がありました。たまたま姉は買い物に出ていました。エダヨシという人は、わたしを姉と思い込んだらしくて、『お元気ですか』とか、『変わりはありませんか』と訊きました。姉とわたしは声が似ていました。人からよくそう言われました。エダヨシという名は珍しいので覚えています」

「電話があったのは、いつでしたか？」

「姉が亡くなる何か月か前だったような気がします」

「その電話のことを、誠子さんに話したでしょうね？」

「話しました。たしか東京の人だと姉は言っていました。その人に何回か会ったことがあるようなことも言っていました。……先生はなぜ、エダヨシという人をご存じなんですか？」

「例の肖像画を描いた人だと思います。いや、まちがいないでしょう」

茶屋は、枝吉信助にたどり着いた経緯を話し、彼の写真と似顔絵を見せた。

尚子は、知らない人だと言った。

一時間ほどすると、彼女は彼にシャワーを促《うなが》した。

彼がシャワーを浴びて出ると、彼女は浴衣を持ってバスルームに飛び込むように入った。

「事件が解決すると、先生は串本においでにならなくなるような気がします」

彼女はベッドに仰向いて言った。

彼は首を横に振り、彼女の浴衣の襟を割った。

3

枝吉信助の経歴を、彼が所属している美術研究会で知った。彼はそこの講師だった。

枝吉の出身地は新潟県。高校を出ると上京し、いくつかの職業を経験した。その間、日本画の重鎮《じゅうちん》だった神岡南雲《かみおかなんうん》に師事して絵を学んだ。

現在、F大学とK短大でも講師をしているとなっていた。

美術研究会には彼の絵が置かれていた。信州安曇野《あずみの》の風景と少女の横顔の絵だった。どの絵にも右下にサインがあった。それは誠子の肖像画と一致していた。このサインによって、誠子を描いたのが枝吉信助だったことが確定した。

茶屋は枝吉の自宅を訪ねた。インターホンを押すと女性が応えた。枝吉に会いたいと言うと、一時間後には帰宅する予定だと言われた。応えたのはお手伝いのようである。

茶屋は近くをぶらぶらして時間を潰《つぶ》した。

一時間経った。道路の角に立っていると見覚えのある男がやってきた。枝吉だった。蟹股《ガニマタ》である。黒いシャツにグレーのズボンを穿《は》いた彼は門の前に立った。そこを茶屋が呼びとめた。

「先生にぜひお伺いしたいことがあります」

茶屋は名刺を渡した。

「どこかで見たか聞いたかしたお名前ですね」

枝吉は名刺を摘んで言った。髪には白いものがまじっている。

茶屋の名刺には肩書がない。彼は職業を告げた。

「旅行作家の方でしたか。たぶん書店か新聞広告で見たのでしょう。で、私に訊きたいことは？」

枝吉は大きな目を茶屋に向けた。その目は油膜が張っているような色をしていた。

茶屋は深刻で重要な話を聞きにきたのだと言った。

枝吉は茶屋の名刺をポケットにしまうと、自宅へ上がってくれと言った。門が開くと茶色の犬が尾を振った。

畳の上にカーペットを敷いた応接間にとおされた。テーブルもソファも古かった。壁に人物画が立てかけてあった。素肌にうすい布を掛けた女性で、乳房が透けていた。右下に〝E.SHIN-SUKE〟のサインがあった。

「きれいな人です」

茶屋は立ったまま女性の絵を見つめた。「先生はおもに人物をお描きになられるようですね？」

「どちらかというと、人物のほうが……」

画家はソファに深く腰掛けるとタバコに火を点《つ》けた。それが癖なのかフィルターを噛《か》んだ。

「私は最近、先生のお描きになった肖像画を拝見しました。ここにあるような美しい女性をお描きになったものです」

「ほう。どこでですか？」

「私の友人の袋田という男から見せられました」

枝吉は一瞬、ぎょろりとした目を向けてから、タバコをはさんだ手を額に当てた。顔を隠そうとしたように見えぬこともなかった。

「袋田は、その肖像画をどこで手に入れたと思われますか？」

「そんなことが、私に分かるわけはない。茶屋さんは、私になにを話しにきたんですか？」

「まあ聞いてください」

茶屋は、袋田が大阪・天王寺の露店で肖像画を買ったことを話した。

枝吉はタバコを灰皿にひねり潰した。

「その肖像画は、袋田の父親の和三郎さんが先生に依頼して描いていただいたものです。描かれた女性は、和三郎さんが寵愛《ちようあい》していた緒形誠子さんです」

枝吉の眉がわずかに動いた。誠子の名を聞いたからだろうか。

「先生は、緒形誠子さんをよくご存じでしたね？」

「知りません。名前にも記憶がない」

「知らないはずはありません。先生は大島の緒形さんの自宅に電話なさっています。彼女が潮岬で亡くなる何か月か前です。先生がお掛けになった電話に緒形さんの妹さんが出ました。先生は誠子さんだと思って、話しかけています。妹さんは先生のお名前をはっきり記憶しています」

「人違いでしょう。私はその人の名に記憶はないし、まして電話なんか……」

枝吉はまたタバコに火を点けた。落ち着きのない手つきである。

「枝吉さんという名字は珍しい。ですから緒形さんの妹さんは覚えていた。先生は袋田和三郎さんから頼まれて、緒形誠子さんの肖像画をお描きになった。和三郎さんから写真をあずかってお描きになったのに、電話を掛けていらっしゃる。先生は緒形さんに何回かお会いになっていますね？」

「いや、会っていません。そんな人を覚えていない」

「袋田和三郎さんから肖像画の依頼を受けたのは覚えておられますね？」

「そんなことがあったような気がします」

「それは十年ほど前でした。その絵はこれです」

茶屋は肖像画の写真を枝吉の前へ置いた。

枝吉は写真をちらりと見て、小さくうなずいた。

茶屋は肖像画のもとになった写真も見せた。

枝吉は関心がなさそうに写真を見たが、すぐに視線を逸《そ》らせた。

茶屋はその表情をじっと観察した。見たくないものを見せられたという顔つきだった。

「この絵が完成し、和三郎さんにお渡しになった。そこがどこだったか覚えていらっしゃいますか？」

「十年も前のことなんか、いちいち覚えていられません」

「両国に『幸夜』という小料理屋があります。和三郎さんの行きつけの店でした。和三郎さんが待っているその店へ、先生はこの絵を持っておいでになりました。和三郎さんはすぐに絵を見たし、その店の女将にも見せました。女将は描かれた女性を知っていました。和三郎さんが何回か連れてきた女性だったからです。女将はそのときの先生をいまでもよく覚えています。お酒の強い方だということもです」

「そんなことがあったような気もしますが、よくは覚えていません。……私はたしかに袋田さんから女性の写真をあずかり、肖像画にしてもらいたいと頼まれて、描いたことはありました。それだけのことです。私は絵描きですから、同じ経験を何度もしています。私の描いた絵が天王寺で売られていたということですが、それは奇異なことではないでしょう。袋田さんが絵を手放し、それがいろんな人の手に渡って、天王寺で売られることになったということでしょう。茶屋さんは、モデルの緒形なんとかという女性に、私が電話を掛けていると言われたが、それがなにか問題なんですか？」

やっと本題に触れられる雰囲気になった。

「串本町大島に住んでいた緒形誠子さんは、六年前の十月、潮岬で首を絞められて殺されました。遺体は断崖の近くの林の中で発見されました」

「ほう」

枝吉はテーブルの端のあたりに視線の先を置いている。

「その事件は、新聞でも大きく報道されましたが、覚えていらっしゃいませんか?」

「新聞で見たでしょうが、忘れました」

「先生がお描きになった女性が殺された。特別な感慨をお持ちでしょうね?」

「それは気持ちのいいものではありません。しかし、その人を描いたことを忘れていましたので……」

なんの感情もないと言いたいのか。

「新聞で緒形さんが殺されたのを知り、びっくりはなさったでしょうね?」

「びっくりした……。モデルの名を知らない私が、びっくりなんかしませんよ」

「さっきの話にもどりますが、先生は、緒形さんに何度も会っていらっしゃる。彼女が殺されたと知って、びっくりなさらないはずはありません」

「茶屋さんの話を聞いていると、私と緒形という女性が知り合いだったと言っているようですが、それはあなたの勘ちがいか思い込みです。私は彼女を直接知らないし、電話も掛けていない。袋田さんから写真をあずかっただけで、モデルがどこに住んでいるのかも知らなかった。だからその女性が事件に遭ったことも知りません。……私になにか言いがかりをつけるような話なら、私には聞く用意がないから、どうぞお引き取りください。私には仕事がある」

枝吉は茶屋にぎょろりとした目を向けた。憎しみがこめられているようだった。

茶屋は怯《ひる》まなかった。この機会を逃がしたら二度と彼には会えないと思った。

「私は串本へ行って、現地の新聞記者と一緒になっていろいろ調べました。緒形誠子さんを知っている人にも会いました。その結果、誠子さんが殺された日の午後、彼女は南紀串本ホテルのラウンジで、中年男性とお茶を飲んでいたことが分かりました」

枝吉はテーブルに置いたライターを拾ったが、タバコに火を点けなかった。

「私たちは、彼女と喫茶をした男性を重要人物とみました。ラウンジでその男性を見た人は、人相や体格や髪のかたちをよく覚えていました。それを聞いた私には、心当たりの人がいました」

枝吉はタバコに火を点けた。

「心当たりの人は、枝吉先生だったんです」

「な、なんということを……。私は串本になんか行っていない」

枝吉の声は少し高くなった。

茶屋は枝吉の言うことを無視した。

「先生は、去る六月八日にも串本へ行っていますね？」

「なにを言う。私は行っていないと言っているじゃないか」

「坂戸昌秀という男性をご存じですね？」

「知らない。あなたは誰かと人違いしているんだ」

「坂戸さんは、誠子さんに愛情を持っていました。プロポーズもしました。その彼女が、六年前の十月、殺された。坂戸さんは誠子さんと親しかったことから警察に事情を訊かれました。何か月か後、彼はそれまで勤めていた会社を辞めて東京へ行きました。半年ばかりいて串本にもどったが、去年の十一月、ふたたび上京して働いていました。彼がなぜ二度も上京したのかというと、働きながら誠子さんを殺した犯人をさがしていたにちがいないのです。彼は誠子さんから、自分の肖像画を描いた人のことを聞いていたんです。それは名前だけだったかもしれません。彼は彼女から聞いていた名前を頼りに画家をさがしていた。その調査が実って、枝吉先生にたどり着いた。坂戸さんは先生を訪ねたことがあったのではありませんか？」

「茶屋さん。想像もいい加減にしてください。坂戸などという人も私は知らない」

「先生は、六月七日の夜、串本の実家に帰っていた坂戸さんに電話を掛けていますね？」

枝吉は首を横に振った。

「坂戸さんと潮岬で会う約束をしたのではありませんか？」

「もう帰ってもらいたい。私にはあなたの妄想を聞いているひまはない」

「坂戸さんが先生によく似た人と、潮岬の展望台で話しているのを見た人がいます。坂戸さんは、その日に殴打されて殺されました。先生と別れたあとに殺されたということでしょうか？」

「そんなことは知らない。私には関係がない」

「先生は最近まで髪を長く伸ばしていました。髪を短くしたのは坂戸さんが殺されたあとですね？」

枝吉は膝の上で拳《こぶし》を握った。それが震えている。

「私は、思い込みや妄想でこんな話をしているのではありません。緒形誠子さんと坂戸昌秀さんの事件に、先生が関係していると確信したうえで、先生の写真を目撃者に見せたんです。特徴のある体形や髪形を、はっきり覚えている人たちがいるんです」

茶屋は、テーブルに置いた写真を封筒にしまった。枝吉の四角ばった顔をひとにらみしてから椅子を立った。

枝吉は腰を上げなかった。拳を握ったまま憤怒《ふんぬ》をこらえるように横を向いていた。

4

茶屋は事務所にもどると馬渕記者に電話し、枝吉信助に直接会ったことを話した。

「面と向かって、緒形誠子と坂戸昌秀殺しを追及したんですか？」

馬渕は訊いた。

「じわじわとね」

「枝吉は、二人を殺したことを白状しましたか？」

「いや、誠子も坂戸も知らないと答えました」

「茶屋さんの感触としてはどうですか?」

「彼は犯人です。複数の目撃者がいることと、その人たちに写真を見せたと言ったら、顔色を変えました。最後は椅子から立ち上がらなかった」

「立ち上がれなかったんですね?」

「両の拳を握って、震えていました」

「茶屋さんは、これからどうしますか?」

「串本署の捜査本部に連絡します。私のことを快《こころよ》く思っていない刑事がいますが、殺人犯を放っておくわけにはいきません」

馬渕は、自信があるかと念を押した。

茶屋は、「ある」と答えた。
・
翌日、串本から田西刑事たちが茶屋の事務所を訪れた。

サヨコとハルマキは、二人の刑事を丁重《ていちょう》な物腰で迎えた。

きょうの田西の白目は黄色みがかっていなかった。

茶屋は、友人の袋田が女性の肖像画を見せに来たときのことからを、順を追って話した。肖像画に描かれた女性が、六年前に潮岬で殺されていたことなど、露ほども想像していなかったと話した。

二人の刑事は、茶屋の話をさかんにメモした。

「茶屋さんは、どんなところから、枝吉信助という画家を怪しいとみるようになったんですか？」

田西刑事は、ノートから目を上げた。

「画家の風貌です。十年ほど前に、画家は出来上がった緒形誠子さんの肖像画を、袋田和三郎さんが待っている小料理屋へ届けに来ました。その小料理屋は『幸夜』と言って、いまも両国にあります。そこの女将は画家の人相や体形や髪形を覚えていました。その画家によく似た男と誠子さんが、彼女が殺された日、南紀串本ホテルのラウンジで喫茶をしていた。二人を目撃したのは、当時南紀串本ホテルに勤めていた中林孝子さんでした。彼女から男の風貌を聞いたとき、『幸夜』の女将が記憶していた画家によく似ていることに気がついたんです。……それから、坂戸昌秀さんが殺された日の夕方、潮岬展望タワーの鳥海さんが、潮岬展望台に立っていた二人の男の年齢や風采《ふうさい》を記憶していました。その一人が、『幸夜』の女将の記憶にある画家と、中林孝子さんの頭に残っていた男の風貌とよく似ていました。そこで私は、肖像画を描いた画家に注目しました。絵の右下のサインから該当する画家をさがしたところ、年齢や体形などが枝吉信助にそっくりということが分かりました。枝吉は、袋田和三郎さんから写真をあずかって肖像画を描いただけではなかった。串本にいる誠子さんに電話を掛けていました。その電話に妹の尚子さんが出たのですが、枝吉は声の似ている尚子さんを誠子さんとまちがえて、親しそうに話しかけました。『エダヨシ』という名字が珍しかったので、尚子さんはその名を覚えていました。誠子さんが尚子さんに話したところによると、『エダヨシ』は東京の人で、何回か会ったことがあるということでした。……私が想像するに枝吉は、和三郎さんから誠子さんの写真をあずかって肖像画を描いただけではなく、和三郎さんの紹介で誠子さんに直接会っていたのだと思います。枝吉が和三郎さんに、『モデルを直《じか》に見たい』と言ったような気がします。それをきっかけに、枝吉は誠子さんに電話を掛けたり、会ったりしたにちがいありません。画家とモデルが会うのはごく自然のことですが、枝吉は、誠子さんが殺された日に彼女に会っている人間です。坂戸さんの場合も同じです。これだけのデータがそろっていたのですから、枝吉を疑わないわけにはいきません」

田西ともう一人の刑事は、同時にうなずいた。

刑事は、茶屋の話を裏づける捜査をするだろう。そのうえで、たしかに枝吉信助が怪しいということになれば、直接会って事情を聞くだろう。

「茶屋さんのお話は参考になりました」

田西は若いほうの刑事を促《うなが》してソファを立った。が、なにを思いついてかノートを取り出し、「茶屋さんは私たちにいままで、緒形尚子さんに会って話を聞いたことを、一言も言いませんでしたね」

と、にらむ目をした。

「それは、私にも、調査上の秘密というものがありますので」

「私たちは尚子さんと何回も接触していますが、彼女も茶屋さんの訪問を受けたとか、会ったと言わなかった」

「彼女はもう姉の事件を忘れたいので、触れて欲しくないと言っていました。だから私が訪ねたことを刑事さんに話さなかったのでしょう」

「そういうことにしておきましょう。茶屋さんは、いろんな方面で、なかなかおやりになる方ですね」

田西は頬をゆがめた。気味の悪い顔になった。

茶屋は、田西の言葉の意味を質《ただ》そうとはしなかったが、額にうすく汗がにじんだ。

「そうか。そうだったのか」

サヨコが右手を握って左の掌に打ちつけた。

「なんのこと？」

ハルマキが訊いた。

「あんたは疎《うと》いのね」

「分かんない。なんなの？」

「あとで教えてやるわよ。うちの先生は手が早いっていうことを。……牧村さんにも教えてあげよう」

サヨコはわざと茶屋に聞こえるような言いかたをした。

茶屋は黙っていた。どうやらサヨコは彼と尚子の間柄に気づいたようだ。紀伊勝浦のホテル紀ノ島に一緒に泊まった相手は尚子にちがいないと思ったらしい。

警察では、茶屋の六月八日のアリバイを確かめるために、ホテルに当たったのだろう。彼の宿泊を確認しただけでなく、同宿者がどんな人だったかを従業員に訊いたにちがいない。同宿したのは女性だった。年齢は三十六、七で、こんな感じの人と答えたことだろう。それを聞いた刑事は、もしや緒形誠子の妹の尚子ではないかと、見当をつけたのではないか。

茶屋が尚子を好きになっても、事件とはなんの関係もない。が、彼女は殺害された女性の妹である。そういう人と親密になったのが、茶屋には体裁が悪いのだった。『女性サンデー』の原稿には、潮岬取材中、取材に協力してくれた女性と勝浦へ行ったと書くことにしていたのだが、いまの田西刑事の言葉で、茶屋としては最も知られたくなかったサヨコに勘づかれてしまった。やがてハルマキが知る。牧村が知る。串本署の刑事の口から馬渕記者が知るのもそう先のことではなさそうだ。

茶屋はペンを持つと、原稿用紙に顔を伏せた。

5

田西刑事から電話があったのは、それから一週間後だった。茶屋の調査にしたがって枝吉信助を内偵した。「幸夜」の女将、串本の中林孝子と鳥海に問い質したところ、緒形誠子の肖像画を描いた画家にまちがいないこと、六年前、誠子が殺された日、彼女と南紀串本ホテルで会っていた男だったこと、坂戸昌秀が殺された日、潮岬展望台で坂戸らしい男と会っていた人間に似ていると証言した。

串本署の捜査本部は、枝吉信助に任意同行をもとめて事情を訊いた。だが枝吉は、誠子の事件とも坂戸の事件とも無関係だし、二人の名前さえ知らないと言いつづけていた。だが、誠子が殺された日とその前日、講師をしている学校の授業を休んだことが分かった。坂戸が殺された日とその前日も、東京にいなかったことの裏づけがとれた。そのアリバイを追及したところ、三日目になってやっと、二人の殺害を自供した。

「茶屋さんの調査によって、六年前の事件も解決できました。これまでの数々の失礼をお許しください」

田西はそう言い、枝吉の自供内容については手紙に書いて送ったと言った。

彼からの手紙は次の日に届いた。

――約十年前、枝吉は袋田和三郎から肖像画を描いてもらいたいという依頼を受けた。和三郎は自分で撮ったという写真を持ってきた。それは三十をすぎたばかりの美しい女性だった。清楚《せいそ》で気品があり、純朴《じゅんぼく》そうな顔立ちをしていた。枝吉は三か月後に絵を納める約束をした。

引き受けてから一か月ほど経って、肖像画の制作に手をつけた。それまでにも女性の写真を何度も見ていた。描いているうちに、写真の女性に直接会ってみたくなった。

「実物を見たうえで描きたい」と、彼は和三郎に電話で言った。和三郎は、「いいでしょう」と答えた。

和三郎の話で写真の女性は串本に住んでいることが分かった。二泊ぐらいの予定で白浜の温泉へ行かないかと和三郎に誘われた。白浜でじっくりモデルを観察してもらいたいということだった。

和三郎と二人で白浜へ出かけた。和三郎は窓の下に白良浜の見えるホテルを予約していた。そこへ写真の女性が現われた。和三郎が彼女を紹介した。緒形誠子だった。彼女は地味な服装をし、化粧もうすかった。そこが彼女の美しさをきわ立たせていた。和三郎が大切にするのも無理がないと思った。三人で白良浜を散策した。彼女は口数は少なかったが、微笑を絶やさなかった。枝吉は彼女を観察したし、写真も撮った。夕食の席で彼女をスケッチした。

誠子は次の日もホテルにやってきた。枝吉は彼女を何枚もスケッチした。

東京に帰ると肖像画の本格的な制作に取りかかったが、誠子の清楚な美しさを忘れられなかった。和三郎が寵愛している女性と知りながら、彼女に心を奪われていた。彼女を描いているうちに、彼女を好きになっている自分を知った。

肖像画の納期が迫ったが、なかなか筆を擱《お》くことができなかった。

完成した絵を毎日眺めていた。和三郎から催促の電話が入った。絵を手放すのが惜しくてしかたなかったが、和三郎に届けることにした。誠子が和三郎に奪われるような気持ちにもなった。絵を渡したあと、枝吉は誠子に手紙を送った。「あなたを描いているあいだは、あなたに会っているような気がした」と書いた。

その手紙のことが和三郎に知られるかもしれなかったが、それでもかまわないと思った。

その後、一か月経っても二か月経っても、枝吉は誠子を忘れられなかった。彼は串本へ出かけた。串本の風景を描きにきたと言って彼女に会った。彼女は彼の胸の裡《うち》など少しも斟酌《しんしゃく》しないように微笑していた。

彼は二か月おきぐらいに誠子に会いに串本へ行った。そのうちに彼の気持ちが彼女に通じるだろうと思った。彼女に会うたびに、彼は彼女をスケッチした。彼女は艶《つや》を増してきた。三十半ばになると色香がこぼれるようになった。

六年前の十月である。彼は彼女を潮岬でスケッチしたいと言った。彼女はそれに応じた。彼女を断崖の林の前に立たせ、スケッチブックを出した。風が彼女の髪をなびかせた。乱れる髪に手をやる彼女を見ていると、それまで抑《おさ》えていた感情が沸騰《ふっとう》してきた。彼は松籟《しょうらい》の中で、彼女に愛を告白した。と、誠子は表情を変えた。「尊敬してきた先生が、そんなことをおっしゃるなんて」と言って、横を向いた。それまで絶やさなかった微笑を消し、凍《こお》ったような表情を見せた。その横顔は、彼の脳裡に焼きついていた誠子ではなく、彼を憎んでいた。彼は何年かの思いが裏切られた気になった。彼女の唇が、「もうお会いしたくありません」と動いて、背中を向けた。彼女は樹木にはさまれた遊歩道を逃げた。彼の頭の中は真っ白になった。その中で赤い炎が立ちはじめた。

彼は彼女のあとを追った。袖を摑んで引き寄せた。「いやっ」彼女は言って、彼の手を振りきろうとした。彼の頭で炎が燃えあがった。急に彼女が憎くなった。次の瞬間、彼は背後から彼女の首に腕をまわしていた。「いやっ」彼女は彼の腕に爪を立てた。その痛さが彼の神経を刺激した。彼は一気に彼女の細い首を絞めた。遊歩道には人影がなかった。ますます強くなった風が林を騒がせていた。

今年の三月。風の強い日に見知らぬ男が枝吉を訪ねてきた。その男は坂戸と名乗り、串本から来たと言った。

串本と聞いて、枝吉はどきりとした。なんの用かと訊くと、「六年近く、あなたをさがしていた」と男は玄関に立って言った。

「なんのことかね?」

枝吉は訊いた。

「私は、緒形誠子さんと親しくしていました。緒形さんから、あなたが描いた彼女の肖像画を見せてもらい、『これを描いた画家を知っている』と言って、あなたが何回も串本へ来たという話も聞いていました。六年前の十月、彼女は潮岬で殺された。私は、彼女とお付き合いしていたために、警察からにらまれて、何度も事情を訊かれた。私は悔しくてしかたがなかった。緒形さん殺しで疑いを持たれたからではない。彼女を失ったからだ。彼女が殺されたからだ。彼女は事件に巻き込まれるような女性ではなかった。……そこで私は、彼女が語ったことのある話をいちいち思い出してみた。彼女の話に出てきた画家は、彼女をスケッチするためにわざわざ東京から串本へやってくるということだった。私はその話を聞くたびにヤキモチを焼いていたものだ。……彼女が殺されてから、東京の画家のことを思い出した。その画家は彼女に対して下心があったにちがいないと思うようになった。彼女が殺される数日前、彼女はたしか、『また画家の先生が来る』と言っていた。その言葉を思い出したときから、彼女の肖像画を描いた『シンスケ』という名の画家は怪しいとにらんだ。彼女が殺された数か月後、私は東京に来て『シンスケ』という画家をさがした。だが私のその方面に関する知識が浅かったために、さがし当てることができなかった。東京に数か月いて串本にもどったが、誠子さんの言った、『また画家の先生が来る』という言葉が忘れられなかった。その画家は怪しいという思いも頭から去らなかった。……あるヒントを得たためにまた東京で暮らすことにした。『シンスケ』をさがし当てるためだった。ヒントを手繰《たぐ》っていくうち、『枝吉信助』という画家が存在することを知り、その人の絵を見ることになった。それは人物画だった。その絵のタッチは私の頭に焼きついている緒形誠子さんの肖像画にそっくりだった。……あなたは誠子さんを描いた人だ。そして彼女の事件に深くかかわっている人間だ」

と、目を据《す》えて言った。

坂戸の話に、枝吉はたじろいだ。が、気を取り直し、「人違いだ。あなたはなにかの妄想に取り憑《つ》かれている」と言って突っぱねた。

しかし枝吉は坂戸の存在に怯《おび》えた。坂戸をなんとかしないと、誠子と何度か接触していたという証拠でも摑んで、また現われるような気がした。警察に駆け込むかもしれなかった。

枝吉は考えたすえ、串本へ行き坂戸の住所を調べた。坂戸姓の家が一軒あることを聞き込んだ。その家の二男は昌秀といって四十代で独り者だということと、現在東京にいるらしいことが分かった。枝吉を訪ねてきたのは、昌秀にちがいなかった。

去る五月下旬、枝吉は坂戸に会うことを決め、串本の坂戸家に電話し、昌秀の東京の連絡先を教えてもらいたいと、親しげに訊いた。母親と思われる人が電話に出て、「昌秀は何日か後に串本に帰ってくる」と言った。

枝吉は数日後の六月七日の夜、串本の坂戸家に電話した。母親らしい人が出て、昌秀に電話を取り次いだ。

枝吉は、串本に来ていると言った。「潮岬を描きにきているから、都合がよかったらあすの夕方、潮岬でお会いしたい。あなたの誤解を解かなくてはならないし」と言った。

坂戸は、「私もあなたに会いたいと思っていた」と言った。

六月八日の夕方、枝吉はスケッチブックを持ち、潮岬の林の中に身を低くして坂戸がやってくるのを待った。

坂戸は展望台に現われ、周りを見ていた。枝吉がどこにいるのかをさがしているらしかった。四、五分経ってから枝吉は坂戸に近づいた。坂戸は枝吉に対して警戒心を持っていないように、どこを描いているのかと訊いた。枝吉は西側を指差し、潮岬灯台を描いているのだと言って、遊歩道を先に立って歩いた。坂戸は彼が描いている絵を見たかったのか、あとをついてきた。林の中の遊歩道には人影がなかった。枝吉は道端に風で折れた木の枝を用意しておいた。林が切れて、海の向こうに潮岬灯台が眺められた。「あれを描いているんです」枝吉はそう言って坂戸の目を灯台に向けさせた。坂戸にとっては見飽きた風景だったろうが、納得したように白い灯台を眺めた。

枝吉はその一瞬を見逃さず、折れた枝を拾い上げると同時に坂戸の腹に一撃をくわえた。坂戸は両手で腹を押さえ、前かがみになった。枝吉は今度は背中を二回殴打した。坂戸は倒れた。手足が痙攣《けいれん》していた。枝吉は坂戸のからだを急傾斜の林に転がした。坂戸はどうやら木の幹に頭を打ちつけたようだった。

枝吉は木に摑まって林を下り、眼下の怒濤《どとう》と風の騒ぎを聞きながら、坂戸の絶命を待った——

茶屋は、午後十一時すぎを待って尚子の店に電話した。彼女はすぐに受話器を上げた。

きのう、串本署の刑事が自宅に来て、誠子と坂戸昌秀の事件が解決したことを告げられたと言った。

「犯人は、姉の肖像画を描いた人と聞いて、驚きました」

刑事から茶屋の話も聞いた、と彼女は言った。

「これで姉も浮かばれますけど、先生は串本にご用がなくなってしまいましたね」

尚子の声は寂しげで低かった。

「取材と調査は終わりましたが、あなたに会いに串本へは行きます」

「ほんとですか。ご無理をなさっているんじゃありませんか?」

茶屋は首を横に振り、明後日の夜の便で行くと言った。

尚子は夜のしじまの中で、壁のカレンダーに顔を向けたようだった。

著者注・この作品はフィクションであり、登場する人物および団体名は、実在するものといっさい関係ありません。

（この作品『紀伊半島　潮岬殺人事件』は平成十三年六月、小社ノン・ノベルから新書版で刊行された『南紀　潮岬殺人事件』を改題したものです）

一〇〇字書評

切り取り線

購買動機（新聞、雑誌名を記入するか、あるいは○をつけてください）

□（　　　　　　　　　　　　　　）の広告を見て
□（　　　　　　　　　　　　　　）の書評を見て
□ 知人のすすめで　　　　　□ タイトルに惹かれて
□ カバーが良かったから　　□ 内容が面白そうだから
□ 好きな作家だから　　　　□ 好きな分野の本だから

・最近、最も感銘を受けた作品名をお書き下さい

・あなたのお好きな作家名をお書き下さい

・その他、ご要望がありましたらお書き下さい

住所	〒				
氏名		職業		年齢	
Eメール	※携帯には配信できません	新刊情報等のメール配信を 希望する・しない			

この本の感想を、編集部までお寄せいただけたらありがたく存じます。今後の企画の参考にさせていただきます。Eメールでも結構です。

いただいた「一〇〇字書評」は、新聞・雑誌等に紹介させていただくことがあります。その場合はお礼として特製図書カードを差し上げます。

前ページの原稿用紙に書評をお書きの上、切り取り、左記までお送り下さい。宛先の住所は不要です。

なお、ご記入いただいたお名前、ご住所等は、書評紹介の事前了解、謝礼のお届けのためだけに利用し、そのほかの目的のために利用することはありません。

〒一〇一-八七〇一
祥伝社文庫編集長 坂口芳和
電話 〇三（三二六五）二〇八〇

祥伝社ホームページの「ブックレビュー」からも、書き込めます。
http://www.shodensha.co.jp/bookreview/

祥伝社文庫

紀伊半島《きいはんとう》　潮岬《しおのみさき》殺人事件《さつじんじけん》　長編旅情推理

平成15年 7 月30日　初版第 1 刷発行
平成28年 2 月25日　第 2 刷発行

著　者　梓《あずさ》　林太郎《りんたろう》

発行者　辻　浩明

発行所　祥伝社《しょうでんしゃ》
東京都千代田区神田神保町 3-3
〒101-8701
電話　03（3265）2081（販売部）
電話　03（3265）2080（編集部）
電話　03（3265）3622（業務部）
http://www.shodensha.co.jp/

印刷所　錦明印刷
製本所　ナショナル製本

 ISBN978-4-396-33115-3 C0193

祥伝社文庫の好評既刊

梓林太郎
笛吹《ふえふき》川殺人事件
失踪した二人の女、身元不明の焼死体……。甲府盆地で頻発する怪事件。鍵を握る陶芸家は、敵か味方か？

梓林太郎
釧路川殺人事件
自殺サイトにアクセスして消息を絶ったスナックの美人ママ。行方を求め、北の大地で茶屋が執念の推理行！

梓林太郎
黒部川殺人事件
連峰に閉ざされた秘境で起きた惨劇！茶屋の推理は、哀しい過去を抱えた美女を救えるのか？

梓林太郎
天竜川殺人事件
失踪した富豪の行方を追って茶屋は南信州へ。過去と現在、二つの因縁を暴き、戦後の闇を炙りだす！

梓林太郎
最上川《もがみがわ》殺人事件
山形・新庄に住む伯母の家が放火され、さらに娘が誘拐された。茶屋が探り当てた犯人の哀しい過去とは！

梓林太郎
筑後川《ちくごがわ》 日田往還《ひたおうかん》の殺人
茶屋は大分県日田でかつての恋人と再会を果たす。しかし彼女の夫には殺人容疑が。そして茶屋自身にも!?

祥伝社文庫の好評既刊

梓 林太郎

四万十《しまんと》川 殺意の水面《みなも》

高知・四万十川を訪れた茶屋次郎。案内役の美女が殺され、事態は暗転。茶屋の運命は？

梓 林太郎

千曲《ちくま》川殺人事件

茶屋次郎の名を騙《かた》る男が千曲川沿いで殺された。奥信濃に漂う殺意を追って茶屋は動き始める……!!

梓 林太郎

信濃《しなの》川連続殺人

恩人の不審死に端を発した連続怪事件。茶屋は、信濃川から日本海の名湯・岩室《いわむろ》温泉に飛んだ！

梓 林太郎

多摩川殺人事件

梅雨寒《つゆざむ》の殺人現場には女の残り香が。取材先で殺人の嫌疑をかけられた茶屋の運命は!?

梓 林太郎

長良《ながら》川殺人事件

忽然と消えた秘書を探す茶屋は、怪しい男の存在を摑むが、長良川河畔に刺殺体で発見された……。

梓 林太郎

石狩川殺人事件

「この子をよろしく」——石狩川河畔で二歳の捨て子と遭遇した時から、茶屋の受難は始まった……。